W.H van der Smissen

Einer muss heiraten!

W.H van der Smissen
Einer muss heiraten!
ISBN/EAN: 9783743449343
Hergestellt in Europa, USA, Kanada, Australien, Japan
Cover: Foto ©Andreas Hilbeck / pixelio.de
Manufactured and distributed by brebook publishing software (www.brebook.com)

W.H van der Smissen

Einer muss heiraten!

Einer muß heiraten!

A. Wilhelmi.

Eigensinn.

R. Benedix.

EDITED AND ANNOTATED BY

W. H. VAN DER SMISSEN, M.A.

Professor of German

UNIVERSITY COLLEGE, TORONTO.

THE COPP, CLARK COMPANY, LIMITED,
TORONTO.

PREFACE.

These little comedies are prescribed for candidates for honours in German at the Junior Matriculation Examination in the University of Toronto. The notes are brief, being confined to the explanation of such colloquial forms as are not elucidated in the usual dictionaries. Particular pains have been taken to show the proper use of the particles wohl, doch, schon, etc., which is so difficult to acquire.

UNIVERSITY COLLEGE, 1894.

Einer muß heiraten!

Personen:

Jacob Zorn } Brüder, Professoren an einer
Wilhelm Zorn } Universität.

Gertrude, ihre Tante.

Louise, ihre Nichte.

Erster Auftritt.

Jacob und Wilhelm. Frau Gertrude.

Gertrude. Richtig! Da sitzen sie wieder wie Oelgötzen, in das verwünschte Kalbfell vertieft. Alles könnte ringsum zu Grunde gehen, sie merkten nichts davon, und das stärkste Erdbeben wäre nicht im Stande, sie aus ihrer Lethargie aufzurütteln — Heda, Ihr Bücherwürmer, Ihr Pergamentmotten, die Frühstücksstunde ist lange vorüber, und Ihr thut gerade, als ob Ihr gar keinen Magen hättet!

Wilhelm. Das haben Sie uns ja bereits dreimal gesagt.

Jacob. Stören Sie uns nicht, liebe Tante, das hat ja keine Eile.

Gertrude. So? Und glaubt Ihr, man hat nichts Anderes zu thun, als zu warten, bis es Euch beliebt, das bischen Kaffee zu nehmen, und es immer warm zu halten? Eben weil ich es schon dreimal sagte, wäre es Zeit, denke ich, darauf zu achten.

Wilhelm. Es unterliegt keinem Zweifel, daß die Finnen und Letten hindostanischen Ursprungs sind. Aus der unleugbaren Sprachverwandtschaft der Petschenegen mit diesen Volksstämmen geht also hervor —

Gertrude. Finnen und Kalmücken, das ist denn doch zu arg! Es ist gerade, als ob Unsereins gar nicht auf der Welt wäre!

Jacob. Ihr Geschrei, liebe Tante, ist ein unbestreitbarer Beweis Ihres Daseins.

Wilhelm. Und es wäre wünschenswert, daß Sie unsere Studien nicht durch so nichtige Dinge unterbrächen.

Gertrude. Nichtige Dinge? Das prächtige Frühstück! Kaffee, Buttersemmeln, Eier und Schinken nichtige Dinge? Das können nur solche Tintenfische behaupten, wie Ihr seid. Sagt mir einmal, was unter Eurem ganzen gelehrten Krimskrams wichtiger ist!

Jacob. Liebe Tante, das verstehen Sie nicht.

Gertrude. Sollte mir auch noch fehlen, mich mit solchem Zeuge zu befassen. O, ich weiß recht gut, daß Ihr deßhalb mit Geringschätzung auf mich herabblickt, und doch sage ich, daß Ihr nichts, gar nichts ohne mich seid!

Wilhelm. Ja doch! Wir wissen Ihre Vorzüge vollkommen zu schätzen, wenn Sie nur nicht so viel Aufhebens davon machten.

Gertrude. Na aber! Soll Einem da nicht die Geduld reißen? Ist es nicht eine Sünde und Schande, daß ein paar tüchtige, kräftige junge Männer, die etwas Rechtes zu leisten im Stande wären, hinter ihren Büchern vertrocknen wie in Rauch gehangene Häringe!

Wilhelm. Welch' prosaischer Vergleich!

Gertrude. Aber wahr und treffend! Wenn ich Euch nicht manchmal aufrüttelte, läge der Staub fingerdick auf Euch wie auf den Pergamentbänden in Eurer Bibliothek. Und was, was wißt Ihr denn eigentlich? Nichts, gar nichts!

Jacob. Wahr, nur zu wahr, liebe Tante! Stückwerk ist des Menschen Wissen.

Gertrude. Ja, solcher Narren Wissen, wie Ihr seid. Andere Leute, die nicht den ganzen lieben Tag in den Büchern vergraben sind, wissen wohl was Rechtes. Die wissen, wie sie ihr Haus in Ordnung halten, wie sie ihr Vermögen verwalten, wie sie leben sollen, daß sie und Andere Freude davon haben!

Jacob. Wenn Alle so gedacht hätten, stände es noch schlimmer um die Wissenschaft, als es wirklich der Fall ist.

Wilhelm. Und die profane Welt kann die Gelehrten darum nicht hoch genug schätzen. Nennen Sie Geldzusammenscharren, Essen, Trinken und Schlafen leben? Die Meisten wissen gar nicht, daß sie leben und warum sie überhaupt leben. Warum, Tante, leben Sie denn eigentlich? Sagen Sie mir das einmal.

Gertrude. Was? ich? Warum ich lebe?! Nun seh' mir Einer! Ich—ich lebe zu meinem Vergnügen!

Wilhelm. Schöner Grund! Der zieht nicht, Tante; einen besseren.

Gertrude. Warum ich lebe?! Das ist mir doch noch nicht vorgekommen! Das hat mir noch Niemand gesagt! Ich lebe deßhalb, daß solche personificierte Buchstaben, wie Ihr seid, mich quälen und ärgern können. Daß Ihr mir alle meine Sorge, meine Plage mit Euch mit Undank lohnen, daß Ihr Eurer alten Tante, die für Euren Tisch, Eure Kleidung, Euer bischen Hauswesen sorgt, den Tod wünschen könnt! Ich lebe Euch wohl schon zu lange? O, ich weiß es wohl, ich bin Euch zur Last!

Wilhelm. Aber beste Tante, davon war ja gar nicht die Rede.

Jacob. Geschieht Dir ganz recht, warum lässest Du Dich mit Frauen in Streitfragen ein? Sie bleiben niemals bei der Stange.

Gertrude. So, wir sind es also gar nicht wert, daß man überhaupt mit uns spricht? Wir sind für nichts, für gar nichts auf der Welt? Aber recht, Du bist ja der Aeltere und mußt mit Deinen guten Lehren noch das bischen Leben Wilhelms zerstören. Der hat doch noch Gefühl, noch ein Herz im Leibe; aber Du, Du thätest am besten, Dich in Leder binden und zu Deinen alten Scharteken stellen zu lassen.

Wilhelm. Siehst Du! Geschieht Dir ganz recht, warum mußt Du Dich in unsern Streit mischen.

Gertrude. Das kann nicht mehr so fortgehen! Das muß anders werden! Und heute noch muß es entschieden sein! Ich werde es Euch schon zeigen! Heiraten müßt Ihr! Ein paar tüchtige Frauen müssen in's Haus! Die werden Euch schon Mores lehren!

Wilhelm, Jacob. Ach, Du meine Güte!

Jacob. Um Alles in der Welt, Tante, kommen Sie uns nicht wieder mit Ihrer alten Drohung!

Wilhelm. Komm', Bruder, wir wollen ihr den Willen thun und frühstücken gehen.

Gertrude. Aha! Das hat getroffen! Ja, heiraten, sag' ich, und diesmal bestehe ich darauf. Ich habe Euch Partieen genug vorgeschlagen, die alle vortheilhaft sind. Ihr habt nur die Auswahl.

Jacob. Wie oft sollen wir Ihnen denn sagen, daß ein solcher Schritt wohl bedacht und überlegt sein muß?

Gertrude. Wie lange willst Du noch überlegen? Besieh Dich einmal in dem Spiegel, und sei froh, wenn ein junges Mädchen noch so 'ne Vogelscheuche nimmt.

Wilhelm. Um zu heiraten haben wir noch lange Zeit. Warum und mit welchem Rechte drängen Sie uns so?

Gertrude. Seht doch einmal! Wer hat Euch denn erzogen? Wer hat Euch auf den Armen getragen und gehen, stehen und sprechen gelehrt? 's ist freilich lange genug her, um es zu vergessen; aber ich, die ich Euch wie eine Mutter liebte, hab's nicht vergessen.

Jacob. Nun also, wenn Sie uns noch lieben, so stören Sie uns nicht in unserem Glücke, das wir in stiller Zurückgezogenheit in unseren Studien und Forschungen finden.

Gertrude. Ich weiß besser, was Euch gut ist, und kurz, wenn Ihr nicht folgen wollt und Euch gleich entscheidet, sage ich mich los von Euch und enterbe Euch.

Wilhelm. O Tante, wir trachten nicht nach Ihrem Vermögen.

Jacob. Unsere Wünsche sind bescheiden und unsere Bedürfnisse gering. Wir wollen gern auf Geld und Gut verzichten, nur quälen Sie uns nicht länger mit der fürchterlichen Heirat.

Gertrude. Gut, das könnt Ihr haben! Aber ich gehe auch und überlasse Euch Eurem Schicksal! Seht dann zu, wie Ihr fertig werdet.

Jacob, Wilhelm. O, beste Tante, wo denken Sie hin?

Gertrude. Ja, ich verlasse Euer Haus, denn dieses Treiben kann ich nicht länger mit ansehen. Was wollt Ihr dann thun? Trotz Eures Wissens seid Ihr geschlagene Leute, denn in allen Euren großen Bänden steht nicht, wie man für Küche und Keller, Haus und Kleidung sorgt. Dann werdet Ihr erst einsehen, was Frauenhände wert sind, wenn auch nur die einer alten Tante.

Jacob, Wilhelm. Liebste, beste Tante — erschrecken Sie uns nicht so!

Gertrude. Pfui! Schämt Euch, mir alten Frau auch gar nichts zu Liebe zu thun. Wenn ich Euch auch nichts gelte, solltet Ihr doch das Gebot Eures sterbenden Vaters in Ehren halten. Ich habe nichts studiert, aber das weiß ich doch, daß es eine heilige Pflicht ist, den Wunsch der Eltern zu erfüllen.

Wilhelm. Es ist wahr, Jacob, es war sein letzter Wunsch.

Einer muß heiraten.

Jacob. Sein letztes Wort! Aber, Tante, er sagte nur: Einer von uns muß heiraten.

Wilhelm. Und Sie verlangen es von Beiden. Was sollen wir denn mit zwei Frauen anfangen? Dann wäre ja gar keine Ruhe mehr im Hause.

Gertrude. Ach was, das verstehst Du nicht! Je mehr Frauen, desto besser. Und wenn nur erst Einer anfängt, kommt der Andere von selbst nach; aber Einer muß jetzt d'ran.

Jacob. Also Einer von uns muß heiraten!

Wilhelm. Es wird wohl nicht anders gehen.

Jacob. Nun, Wilhelm, was denkst Du? Du bist noch jung, Du kannst es eher wagen.

Wilhelm. Was Dir nicht einfällt! Du bist der Aeltere, für Dich paßt es viel besser.

Jacob. Du wirst Dich leichter darein finden. Du hast gefälligere Formen und Manieren und bist wirklich auch recht hübsch.

Wilhelm. Du bist viel gesetzter als ich, viel männlicher; Du taugst viel besser zu einem Eheherrn als ich. Und dann müssen ja immer auch die Aelteren zuerst aus dem Hause.

Jacob. Das gilt nur bei Mädchen. Sieh, lieber Bruder, ich, ich kann es nicht thun, unmöglich!

Wilhelm. Ich auch nicht; ich bin's nicht im Stande!

Gertrude. Wankelmut und kein Ende! Da wären wir also wieder auf dem alten Flecke. Steht Ihr nicht da, als ob Ihr zum Richtplatz solltet! Ihr

Hasenfüße, faßt Euch doch ein Herz, an Kopf und Kragen geht es ja nicht.

Jacob. Wilhelm hatte immer mehr Mut als ich.

Wilhelm. Jacob, hätte mir längst mit gutem Beispiele vorangehen sollen, aber alle Mädchen, die Sie ihm vorschlügen, wies er zurück. Er kann jetzt Eine davon wählen.

Jacob. Na, die sind gewiß längst alle tot oder verheiratet. Ich bin überzeugt, Sie wissen im Augenblicke selbst keine Partie.

Gertrude. Was? Zehn für eine! Und ein Prachtmädchen ist darunter, die viel zu gut für Euch ist. Aber freilich, solche Sauertöpfe wie Ihr merken nichts, und wenn sie darüber fielen. Habt Ihr denn gar keine Augen, keinen Sinn für's Schöne?

Wilhelm. Wie so, Tante?

Gertrude. Habt Ihr denn gar nicht gemerkt, warum ich meines verstorbenen Bruders Tochter in's Haus nahm?

Jacob. Wie, Tante? Louise? Ihre Nichte? Unsere Verwandte?

Gertrude. Eine so weitläufige Verwandtschaft hat gar nichts zu sagen. Sie ist nicht reich, aber schön, und, was die Hauptsache ist, gut und brav. Also kein Federlesens, sondern einen raschen Entschluß, denn nicht Alles wird gut, was lange währt. D'rum fackelt nicht lange! Einer von Euch muß unter die Haube, will sagen, unter den Pantoffel. Ueberlegt jetzt, und wenn ich wiederkomme, muß ich wissen, welcher von Euch Bräutigam ist. Adieu!

Zweiter Auftritt.

Vorige ohne Gertrude.

Jacob. Fataler Casus!
Wilhelm. Fatale Geschichte!
Jacob. Hat mich ganz in Aufregung gebracht! Wie soll das erst werden, wenn eine Frau im Hause ist?
Wilhelm. Schrecklich! Fürchterlich! Und doch ist kein Ausweg. — Wie sieht denn die Cousine aus?
Jacob. Ich habe sie mir noch nicht angesehen
Wilhelm. Ich auch nicht. — Die Tante wird nicht ruhen, ich kenne sie. Sie wird aus ihrer Drohung, uns zu verlassen, Ernst machen.
Jacob. Und was sollen wir dann thun? Wir sind so sehr an unsere alte Ordnung gewöhnt.
Wilhelm. Freilich, also entschließe Dich.
Jacob. Ich? Warum nicht gar! Wilhelm, sei vernünftig! Du bist ein hoffnungsvoller junger Mann. Thue mir die Liebe und heirate!
Wilhelm. Lieber Bruder, Alles was Du willst, nur das nicht!

Jacob. Sieh, ich weiß, Du hast schon früher bei den Damen Glück gemacht. Du hast mehr Routine. Du bist auch schon geliebt worden. Mir ist das nie passiert; ich würde mich ausnehmen wie der Bär, wenn er tanzt.

Wilhelm. Das sieht gar nicht so übel aus. Ich sah einmal ein solches Tier—

Jacob. Du hast mehr Talent zum Heiraten, Du würdest gewiß recht glücklich werden. Der Ehestand, das Familienleben sollen doch so schön sein. Ich sehe Dich ordentlich vor mir, an der Seite eines reizenden, guten Weibes, umringt von blühenden, glücklichen Kindern; wie sie Dich herzen und küssen, auf Deinen Knieen sich schaukeln und wie Ihr Euch Alle so recht von Herzen lieb habt. O, glaube mir, ein solches Glück ist beneidenswert.

Wilhelm. Nun also, lieber Jacob, verschaffe es Dir, greife doch nur zu.

Jacob. Ach, von mir ist ja nicht die Rede. Ich habe leider kein Talent für die Ehe, so wie Du. Aber recht erfreuen will ich mich an Deinem Glücke. Ich will Deine Kinder erziehen, sie lieben, als wenn es meine eigenen wären; Alles, Alles will ich für Dich thun! Und dann bedenke, welch schönes Mädchen Louise ist!

Wilhelm. Du hast sie ja noch gar nicht angesehen.

Jacob. Nun — es kam mir doch so vor; auch sagt es ja die Tante. Und so brav und gut ist sie! Sie muß ein allerliebstes Frauchen geben!

Wilhelm. Ja, das sagt auch die Tante, also Glück zu, lieber Bruder!

Jacob. Na! bei dem ist doch Alles vergebens. Ich gebe mir alle erdenkliche Mühe, male ihm das Glück der Ehe mit den reizendsten Farben, und doch bleibt er kalt wie Stein. Sage mir nur, warum willst Du denn eigentlich nicht heiraten?

Wilhelm. Warum willst Du denn nicht?

Jacob. Begreifst Du (denn) nicht, daß ich das nicht kann?

Wilhelm. Nun siehst Du, ich kann es auch nicht.

Jacob. Du willst also nicht? Unwiderruflich?

Wilhelm. Ich kann nicht.

Jacob. Jetzt weiß ich, was ich von Deiner Liebe zu halten habe.

Wilhelm. Wenn Du mich liebtest, würdest Du selbst heiraten. Damit Du aber siehst, daß ich nicht so hartherzig bin wie Du, will ich Dir einen Vorschlag machen.

Jacob. Nun?

Wilhelm. Wir wollen losen!

Jacob. Losen? Bruder, das ist leichtsinnig.

Wilhelm. Das finde ich auch, d'rum heirate lieber geradezu.

Jacob. Das Los kann ja auch mich treffen!

Wilhelm. Freilich, aber mich leider auch.

Jacob. Was soll ich dann thun?

Wilhelm. Heiraten!

Jacob. Ich lose nicht, nimmermehr setze ich mich der Gefahr aus.

Wilhelm. Wie Du willst, dann mußt Du aber ganz gewiß heiraten, denn ich thu's nicht!

Jacob. Bruder!

Wilhelm. Jetzt lasse mich in Ruhe! Einer von uns muß daran, wir wollen Beide nicht, also muß das Loos entscheiden, wer der Unglückliche sein soll. Das ist mein letztes Wort, das ist Alles, was ich für Dich thun kann!

Jacob. Nun denn, ich bin einverstanden, wenn es durchaus nicht anders sein kann. Aber wie machen wir das?

Wilhelm. Das ist bald geschehen. Wir nehmen zwei Kugeln, eine schwarze und eine weiße.

Jacob. Eine schwarze und eine weiße.

Wilhelm. Es sind keine zur Hand.

Jacob. Mir fällt ein Stein von der Brust!

Wilhelm. Noch besser, wir nehmen zwei Zettel.

Jacob. Zwei Zettel.

Wilhelm. So, den einen bezeichne ich mit einem Kreuze, der andere bleibt weiß.

Jacob. Mit einem Kreuze.

Wilhelm. Der mit dem Kreuze verpflichtet zur Heirat.

Jacob. Das ist recht bezeichnend.

Wilhelm. Der weiße geht leer aus.

Jacob. Ach! wenn ich den bekäme!

Wilhelm. Ja, das glaube ich, da könnte Jeder kommen!

Jacob. Nun, was geschieht weiter?

Wilhelm. Nun brauchen wir eine Urne; in Ermanglung einer solchen nehme ich Dein Morgenkäppchen.

Jacob. Nein, Bruder, nimm lieber Deines, ich habe Unglück!

Wilhelm. Meinetwegen, darauf soll es mir auch nicht ankommen. So, jetzt wird die Geschichte ordentlich durcheinander geschüttelt.

Jacob. Aber ehrlich, Wilhelm, ehrlich.

Wilhelm. Das versteht sich! Alles nach Recht und Gewissen! So, jetzt zieh'!

Jacob. Nein — ich — ich habe keine Courage, ziehe Du.

Wilhelm. J, mache doch keine solche Umstände; rasch gezogen!

Jacob. Ich kann wahrhaftig nicht, Bruder, ich habe Malheur; ich ziehe ganz gewiß auf den ersten Griff das fatale Kreuz heraus. Thu' mir den Gefallen und ziehe zuerst.

Wilhelm. Nun, auch das noch! (Er zieht.) Da nimm!

Jacob. So!

Wilhelm. Jetzt haben wir Jeder unser Teil.

Jacob. Ja, aber ich zittere am ganzen Körper!

Wilhelm. Nur rasch geöffnet.

Jacob. Bin's nicht im Stande. Oeffne Du zuerst.

Wilhelm. Ei, warum soll ich denn immer Alles zuerst thun? Nichts da! Wir wollen zugleich öffnen, während ich drei zähle. Also: Eins!

Jacob. Eins!

Wilhelm. Zwei!
Jacob. Zwei!
Wilhelm. Drei!
Jacob. Ach, ich bin des Todes!
Wilhelm. Hurrah! Hurrah!
Jacob. Ich Unglückseliger.
Wilhelm. Herrlich! prächtig! ich bin frank und frei, los und ledig! Ich möchte die ganze Welt umarmen! Hurrah! Hurrah!

Dritter Auftritt.

Vorige. Gertrude.

Gertrude. Was ist denn das für ein Lärmen und Jubeln? Wilhelm, hast Du 'nen Raptus?
Wilhelm. Einen Kuß, Tante, einen Kuß! Ich bin der Glücklichste unter der Sonne!
Gertrude. Will Er mich wol loslassen, Er Tausendsassa! So habe ich Dich seit zehn Jahren nicht gesehen, — was ist denn nur vorgegangen? Und was ist denn mit Jacob? Der Eine springt und tanzt, der Andere liegt da, als hätte ihn der Schlag getroffen.

Wilhelm. Nein, Tante, er ist nur in sich gegangen und hat einen Entschluß gefaßt; das hat ihn so angegriffen.

Gertrude. Was? Jacob?

Wilhelm. Ja, Tante. Er will heiraten.

Gertrude. Ah, bravo! brav! Endlich einmal ein vernünftiges Wort!

Jacob. Ich armer, geschlagener Mensch! Ich habe es aber gleich geahnt! Ich kenne mein Malheur; das kann nur mir passieren! Das Unglück! Ich — und heiraten!

Gertrude. Also Jacob ist der Glückliche! Das freut mich doppelt! Siehst Du, Wilhelm, ich wußte es wohl, daß er der Vernünftigere ist. Nimm Dir ein Exempel.

Wilhelm. Sie haben Recht, Tante. Jacob ist ein herzensguter Mensch. Wir haben die Sache reiflich überlegt, und er bot sich endlich freiwillig an, Ihren Wunsch zu erfüllen.

Jacob. Aber ich thue es nicht! Die Sache ist nicht mit rechten Dingen zugegangen; Du warst im Vorteil, Du hast zuerst gezogen.

Wilhelm. Du wolltest ja nicht! Fange nicht wieder neue Geschichten an.

Jacob. Die Tante soll entscheiden.

Wilhelm. Du wirst ihr doch nicht am Ende sagen wollen, daß wir gelost haben? Das wäre ja im höchsten Grade unschicklich.

Jacob. So?

Wilhelm. Freilich, Du wärst blamiert für ewige

Zeiten! Sei vernünftig und ergieb Dich mit Fassung in Dein Schicksal.

Gertrude. Na, was kartet Ihr denn wieder ab?

Wilhelm. O nichts, gar nichts. Jacob ist nur in Verlegenheit wegen der Hochzeits-Angelegenheiten, der Ausstattung, der Einrichtung rc.

Jacob. Ausstattung — Einrichtung?

Gertrude. Ei, das ist das Geringste. Das überlaßt mir, ich will Alles prächtig arrangieren! Das verstehe ich aus dem Fundament, und gleich heute will ich an die Arbeit.

Jacob. Nur nicht so eilig, Tante.

Gertrude. Jawohl, eilig. Da giebt's gar viel zu thun und zu schaffen. Da ist die Haus-, die Tisch-, die Bettwäsche zu besorgen. Da sind die fehlenden Möbel, das nötige Geschirr für Küche und Keller, da ist ein schöner Brautstaat zu schaffen mit Allem, was d'rum und d'ran hängt, damit die junge Hausfrau gleich Alles in Ordnung finde. Ja, ja, Jacob, Du sollst Deine Freude an der alten Tante haben. Nichts, nichts soll vergessen werden, bis zu den Kinderstrümpfchen und -häubchen herab.

Jacob. Auch das noch! Kinderhäubchen!

Wilhelm. Und Strümpfchen!

Gertrude. Kinder, ich fühle mich ordentlich verjüngt! Gott segne Deinen Entschluß, Jacob! Führe ihn nur gleich aus und schmiede das Eisen, so lange es warm ist.

Jacob. Warm genug ist mir, so viel ist sicher.

Wilhelm. Wenn ich nicht irre, kommt eben Louise aus dem Garten hierher.

Gertrude. Charmant, das trifft sich ja prächtig! Also frisch b'ran, Jacob! Bringe Dein Anliegen vor.

Jacob. Jetzt, jetzt gleich, Tante?

Gertrude. Das versteht sich; und sei hübsch zart und manierlich, damit Du keinen Korb bekommst.

Jacob. Ich wollte, ich bekäme einen!

Gertrude. Aber wie siehst Du denn aus? Haar und Bart müssen in Ordnung gebracht werden, und dann fort mit dem fatalen Schlafrocke und einen hübschen Rock, oder besser, Frack angezogen!

Jacob. Ich glaube gar nicht, daß ich einen Frack besitze.

Gertrude. Doch, den schönen schwarzen, den Du bei Deinem Rigorosum trugst.

Wilhelm. Wenn ihn nicht die Motten gefressen haben. Komm, Jacob; ich will Dich herausputzen, daß Du wie ein Prinz aussehen sollst.

Jacob. Ja, wie ein Opferstier, den man zum Altare führt. — Nun denn, es sei! Aber Sie werden sehen, Tante, daß sie mich ausschlägt.

Wilhelm. Das wäre ja noch schöner! So'n hübscher Mann wie Du, ordentlich ausstaffiert und geschniegelt, in schwarzem Frack, weißer Halsbinde, bekommt zehn Mädchen für Eine, und daß Dich Louise nicht ausschlage, dafür laß mich nur sorgen.

Gertrude. Fort, fort! Gleich wird Louise da sein; macht nur, daß Ihr bald fertig seid!

Vierter Auftritt.

Gertrude. Louise.

Gertrude. Nun, endlich habe ich sie so weit, — das hat Mühe gekostet! Jetzt will ich gleich Louischen auf den Zahn fühlen. Es wäre eine fatale Geschichte, wenn die mir auch noch Umstände machte!
Louise (tritt ein in einem Buche lesend).
Gertrude. Aber was sehe ich da? Ein Buch in der Hand und lesend! Das sollte mir noch fehlen, daß die sich auch von dem Bücherkram anstecken ließe. — Louise, was soll das heißen, was hast Du denn da in der Hand?
Louise. Ach, Tantchen, ist das ein herrliches Buch! Es ist das neueste Werk Wilhelm's, seine Reise im Norden. Wie schön, wie geistreich ist es geschrieben! Man glaubt Gegend und Menschen vor sich zu sehen und fühlt sich mitten unter ihnen. Welch herrliche Schilderung der Sitten, der Charaktere; welch schöne Studien und Betrachtungen! O, Wilhelm ist ein geistreicher Mensch!
Gertrude. So? Wilhelm? Laß das Zeug, es wird Dir nur den Kopf verdrehen und Dich vom Nützlichen abziehen.
Louise. Was kann es denn Nützlicheres geben

als ein gutes Buch, namentlich wenn es so lehrreich ist wie Wilhelms Reise?

Gertrude. Ach was, Wilhelm! Jacob schreibt auch schöne Bücher und noch viel größere.

Louise. Das mag wol sein, aber die sind griechisch und lateinisch; die verstehe ich nicht. Aber Wilhelms Schriften —

Gertrude. Laß mir jetzt Wilhelms Schriften bei Seite. Ich habe jetzt andere Dinge im Kopfe. Sag' mir einmal, wie gefällt es Dir hier im Hause?

Louise. O, recht gut, Tante. Es ist nur ein wenig einsam.

Gertrude. Wie gefallen Dir die Vettern?

Louise. Ei nun, sie sind recht ernst. Sie haben noch sehr wenig mit mir gesprochen, und Jacob hat mich wohl noch gar nicht einmal angesehen. Ich glaube, er ist recht finster. Dagegen ist Wilhelm doch —

Gertrude. Ja, ja doch! Aber Jacob ist ein sehr guter Mensch, sag' ich Dir.

Louise. Das glaube ich wohl; doch muß man sich ein Herz fassen, wenn man ihn nur ansehen soll. Ich glaube immer, er ist böse auf mich. Wilhelm blickt doch manchmal freundlicher.

Gertrude. So? Also Wilhelm blickt freundlicher? (Für sich.) Da haben wir's! Das ist eine schöne Bescherung! Nun gefällt ihr der wieder besser! Soll man sich da nicht zu Tode ärgern, nach all' der Mühe, die ich mir gegeben?

Louise (für sich). Was hat denn die Tante?

Gertrude (für sich). Aber sie soll mir keinen Strich

durch die Rechnung machen, ich will ihr schon die Augen öffnen. (Zu Louise.) Du haſt nur Jacob nicht ordentlich betrachtet. Er iſt ein ſehr ſanfter, lieber Menſch. O, er hat ganz hübſche blaue Augen, ſieh' ihn nur einmal recht an. Viel ſchönere und ſanftere als Wilhelm.

Fünfter Auftritt.

Vorige. Wilhelm. Jacob.

Wilhelm. So, nur immer heran. Wahrhaftig, Du ſiehſt vortrefflich aus.
Jacob. Wilhelm, ich mache mich lächerlich.
Gertrude. Da iſt er! Sieh' nur, wie ſchön er ausſieht! Die große, ſtattliche Figur, die edle Haltung —
Jacob. Ich glaube, die Tante inſtruiert ſie bereits.
Gertrude. Sei nur nicht ſo ſchüchtern. Blicke ihm frei in's Geſicht und er wird ſchon freundlicher und vertraulicher werden. (Zu Jacob und Wilhelm.) Ich laſſe Euch jetzt allein; Wilhelm kann auch mit mir gehen. Bringe dann Deine Sache vor.
Jacob. Nein, Wilhelm bleibt bei mir; allein habe ich keine Courage.
Gertrude. Nun, wie Du willſt. (Zu Louiſe.)

Siehst Du, wie freundlich er Dich anblickt? Wenn er Dich anspricht, sei recht gut und liebreich gegen ihn, verstehst Du? (Zu Jacob.) Also vorwärts, Jacob, ein Herz gefaßt! Sieht so ein Freiersmann aus? Na, wenn ich ein Mann wäre, solltest Du einmal sehen, wie ich sie im Sturm eroberte. Du Hasenfuß Du!

Sechster Auftritt.

Wilhelm und Jacob. Louise.

Jacob. Da wären wir also!
Wilhelm. Ja, und sie wäre auch da.
Louise. Die haben ganz gewiß etwas vor.
Wilhelm. Gehe nur hin und rede sie an.
Jacob. Sie liest ja. Ich kann sie doch jetzt nicht stören.
Wilhelm. Warum denn nicht? Du wirst doch nicht warten wollen, bis sie das dicke Buch ausgelesen hat?
Jacob. Was soll ich ihr aber nur sagen?
Wilhelm. Das ist ganz gleich. Du trittst hin, redest sie an und erklärst ihr Deine Liebe.
Jacob. Aber ich liebe ja nicht!
Wilhelm. Das ist ganz gleich. Du mußt doch wenigstens so thun.

Jacob. So? Wie soll ich benn bas anfangen?
Wilhelm. Das ist ganz einfach. Du sagst z.
B.: Guten Morgen, liebe Cousine. Wie geht es
Ihnen? Was machen Sie? Befinden Sie sich wohl?
oder sonst etwas Schönes.
Jacob. Das kann ich nicht. Das ist mir viel zu
schwer!
Wilhelm. Ach warum nicht gar! Stelle Dir
einmal vor, Du wärest die Cousine und ich wäre Du.
Nun gieb Acht, wie ich das machen werde. Guten
Morgen, liebes Cousinchen!
Jacob. Guten Morgen, Vetter!
Wilhelm. Es — ich — hm — Wie haben Sie
geschlafen?
Jacob. So, so; ich danke.
Wilhelm. Freut mich — Es — es ist heute sehr
schönes Wetter!
Jacob. Ja!
Wilhelm. Und — ja — und ich — hm — hm —
Jacob. Nun siehst Du, Du kommst auch nicht
vom Fleck!
Wilhelm. Nun, Du kannst doch nicht verlangen,
daß ich Dir den Hof machen soll. Man kommt ja
aus aller Illusion, wenn man Dich ansieht, mit
Deiner weißen Halsbinde und Deinem spitzen Frack.
Bei ihr würde es viel besser gehen.
Jacob. Versuche es also bei ihr.
Wilhelm. Nun gut, ich will Dir's vormachen.
Tritt hinter einen Strauch und passe ja recht genau
auf, damit Du es dann nachmachen kannst.

Jacob. Schön, schön, lieber Bruder, Du bist doch eine gute Seele.

Wilhelm. Siehst Du es nun endlich ein, wie ich mich aufopfere? Thue jetzt, als ob Du fortgingest, aber rasch, denn ich fühle mich eben im Feuer.

Jacob. Gut, gut, ich gehe schon!

Louise. Sie gehen, ohne mir etwas zu sagen? Ach nein, Wilhelm kommt zurück.

Wilhelm. So, jetzt gilt es! Aber erst müssen wir recognoscieren.

Louise. Was er nur wollen mag?

Wilhelm. Sie sieht wahrhaftig recht lieblich aus! Sie hat so etwas Schwärmerisches, Poetisches! Der Ernst, mit dem sie ihre Lectüre verfolgt, steht ihr ganz gut.

Jacob (hinter dem Strauche vorschauend). Nun, Wilhelm, fange doch an.

Wilhelm. Gleich, gleich, so warte doch nur ein wenig, ich muß mich sammeln. Hm, hm! — 's ist doch nicht so leicht, als ich dachte! Hm, hm. — Anreden muß ich sie aber, sonst blamiere ich mich vor Jacob. Hm, hm, so vertieft, schöne Cousine? Es ist wohl nicht erlaubt, Sie zu stören?

Louise. Ei, Vetter, das Vergnügen Ihrer Unterhaltung wird mir so selten zu Teil, daß hier von einer Störung nicht die Rede sein kann.

Wilhelm. Darf man fragen, was Ihr Interesse so sehr in Anspruch nimmt?

Louise. Ein vortreffliches Werk von einem gewissen Professor Wilhelm Zorn.

Wilhelm. Was, von mir?

Louise. Ja, Ihre Reise im Norden. O, Sie glauben nicht, wie viel Vergnügen Ihr Werk mir schon machte.

Wilhelm. Wahrhaftig, mein neuestes Werk! Ist es aber nicht schade um die schönen Augen, Louise, die Sie damit anstrengen?

Jacob. Schöne Augen, das ist gut!

Louise. Die können auf nichts Edleres fallen.

Wilhelm (für sich). Sie hat wirklich recht schöne Augen. (Zu Louise.) Sie finden also Geschmack und Interesse an der Literatur?

Louise. Trauen Sie mir keinen Sinn für das edelste Wirken zu?

Wilhelm. Behüte! Ich traue Ihnen alles Gute und Schöne zu. In einem so schönen, lieblichen Körper muß auch eine schöne Seele wohnen.

Jacob. Schöne Seele, das ist auch gut.

Wilhelm (für sich). Sie ist wirklich ganz allerliebst! Und welch niedliches Händchen sie hat.

Jacob. Aha, er nimmt sie bei der Hand. Das macht sich ganz gut.

Wilhelm. Wie schmeichelhaft ist es für uns, unsere Werke auch in so reizenden Händen zu erblicken; das erfreut uns um so mehr, als dies Glück uns Gelehrten selten zu Teil wird.

Jacob. Er küßt ihre Hand! Hm, das gefällt mir!

Louise. Ja, leider befassen wir uns größtenteils nur mit dem Strickstrumpfe, dem Stickrahmen, ober,

Einer muß heiraten.

wenn es hoch kommt, mit irgend einem leichten Romane. Aber glauben Sie mir, Wilhelm, nicht Alle sind so. Es giebt wohl Manche, die sich gern mit den ernsteren Wissenschaften beschäftigen möchten.

Wilhelm. Wie, Louise, Sie, Sie sprechen so?

Louise. Noch mehr, ich fühle so.

Wilhelm. Sie finden uns Gelehrte nicht pedantisch, langweilig?

Louise. Wie könnte ich das? Dazu habe ich viel zu hohe Achtung vor ihrem Wirken und bedaure nur, daß es uns armen Frauen nicht vergönnt ist, dem Fluge ihres Geistes zu folgen, wie ich es wohl wünschte.

Wilhelm (für sich). Sie ist wirklich bezaubernd! Wo waren nur meine Augen?

Louise. Wie schön muß es sein, gleich ihnen das Wesen der Länder und Völker, das Wesen der Natur, des Universums zu erfassen und zu verstehen, sich zu erheben über diese Erde und den Lauf der Sonnen und Welten zu ergründen! Wie klein komme ich mir vor, wenn ich zu ihrer Höhe hinaufblicke und nichts, nichts in mir finde als den Drang, ihnen zu folgen und sie zu begreifen!

Wilhelm. Was höre ich, Louise, Cousinchen?! Wie schön sie jetzt aussieht, und wie begeistert sie spricht! Louischen, wenn sich nun Gelegenheit fände, diesen Wunsch zu befriedigen? Wenn sich ein Mann fände, der mit Freuden Ihren Wunsch erfüllen wollte, der sich Ihnen ganz widmete, Sie auf dieselbe Stufe des Wissens zu führen, die er selbst erreichte?

Louise. Ich würde ihm gern folgen und eine gelehrige Schülerin sein.

Wilhelm. Und wenn es einer Ihrer Vettern wäre?

Louise. Einer meiner Vettern?

Wilhelm. Und wenn — darf ich es aussprechen, Louise — wenn ich es wäre?

Jacob. Schön, schön! Das will ich mir merken!

Louise. Würden Sie denn auch Geduld mit dem schwachen Mädchen haben und nicht zürnen, wenn ich nicht so rasch begriffe, als Sie glauben?

Wilhelm. Ich Ihnen zürnen, Louise? Wo denken Sie hin? Stellen Sie mich auf die Probe. Ich will geduldig sein, wie ein Lamm. Ich will Alles zehnmal wiederholen, um nur recht oft das Vergnügen zu haben, in Ihre schönen Augen blicken zu können. Ach, Louischen, was haben Sie für himmlische Augen! Ich begreife gar nicht, daß ich das nicht früher bemerkte.

Louise. Sie haben sich überhaupt wenig um mich gekümmert.

Wilhelm. Und dieses Mündchen! Wie herrlich muß es sein, seine eigenen Worte aus diesem Mündchen wiederholt zu hören! Louischen, antworten Sie mir, wollen Sie es mit mir wagen?

Jacob (kommt herangeschlichen und zupft Wilhelm am Rocke).

Wilhelm. Was giebt's denn?

Louise. Ach! Jacob!

Jacob. Du, Wilhelm, 's ist gut.

Wilhelm. Nein, 's ist nicht gut. Verschwinde Du nur wieder.

Jacob. Ich weiß jetzt schon genug, geh' nur.

Wilhelm. Warum nicht gar, ich bin noch lange nicht fertig. Jetzt kommt erst die Hauptsache.

Jacob. So? Noch mehr?

Wilhelm. Freilich; mach nur, daß Du fortkommst, und passe recht auf.

Jacob. Na, meinetwegen! doch nicht zu lange. (Geht zurück.)

Wilhelm (für sich). Das wäre noch schöner, wenn der sich nun d'rein mischen wollte! Er scheint Gefallen an der Lection zu finden. Ja so, da fällt mir ein, daß ich ja eigentlich nur für Jacob spreche! Ja, das gilt mir jetzt gleich, warum hat er mich in die gefährliche Situation gebracht. Sie gefällt mir ganz gut, und da ich nun einmal im Zuge bin, kann ich doch nicht mehr zurücktreten.

Louise (wendet sich bei den letzten Worten zum Gehen).

Wilhelm. Wohin, Cousinchen? Sie wollen doch nicht fort?

Louise. Jacob hat gewiß nothwendig mit Ihnen zu sprechen.

Wilhelm. Durchaus nicht. Aber ich habe mit Ihnen zu sprechen. Wo bin ich doch nur stehen geblieben? Der fatale Mensch hat mich ganz aus dem Concept gebracht.

Louise. Sie boten sich mir zum Lehrer an.

Wilhelm. Nein, Louise, das war es nicht allein. Ich wollte Ihnen auch sagen, daß — daß Sie mir außerordentlich gefallen — daß ich Sie recht innig lieb habe.

Louise. Vetter, das gehört nicht zum Unterricht.

Wilhelm. Wie, Louise, Sie entziehen mir Ihre Hand, Sie antworten mir gar nicht?

Louise. Ich sagte Ihnen ja schon, daß ich gern Ihre Schülerin sein wollte.

Wilhelm. Und wenn ich Ihnen mehr werden wollte — Ihr Lehrer, Ihr Freund und — wenn Sie einwilligen, Ihr —

Louise. Nun, Vetter, Sie stocken ja; in was soll ich denn einwilligen?

Jacob (für sich). Jetzt kommt die letzte Bombe; weiß schon, was er sagen will.

Wilhelm. Wohlan, Louise, es muß heraus! Wenn Sie einwilligten — auch Ihr Gatte, der Sie von Herzen lieben, verehren, auf den Händen tragen wird!

Louise. Wilhelm, Sie überraschen mich — Sie wollten? —

Wilhelm. Ja, ja, Cousinchen, ich will! Und wenn Sie „Ja" sagen, machen Sie mich unaussprechlich glücklich!

Jacob. Aha! das ist also die Hauptsache! Schön!

Louise. Stehen Sie auf; was wird die Tante dazu sagen?

Wilhelm. Es ist ihr innigster Wunsch.

Louise. Was wird Jacob sagen?

Wilhelm. Der, nun der wird sich recht herzlich

darüber freuen. Aber was werden Sie, Louise, sagen?

Louise. Sind Sie mir denn auch wirklich gut?

Wilhelm. Ja, wahrhaftig, Louise. Ich will Sie nicht belügen und Ihnen eine grenzenlose Liebe vorspiegeln; aber gut bin ich Ihnen von Herzen, und die so recht innige, wahre Liebe wird wohl auch kommen, wenn ich hoffen darf, Ihre Neigung zu gewinnen. Sprechen Sie, Louise, können Sie mir diese schenken?

Louise. Nun — Wilhelm —

Wilhelm. Ja? Ja, Louise?

Louise. Nun denn, Vetter, ja! Ich will Ihnen vertrauen, und — unter uns gesagt, Wilhelm, ich war Ihnen gleich vom ersten Augenblicke an gut. Aber Sie, Sie böser Mensch haben mich gar nicht angesehen!

Wilhelm. Freilich, ich war ein Narr, mit Blindheit geschlagen! Aber jetzt gehen mir die Augen auf, und ich sehe einen ganzen Himmel vor mir. Du liebes, himmlisches Mädchen, jetzt, jetzt gieb mir einen Kuß zum Siegel unseres Bundes!

Jacob. Ei, ei, das macht sich charmant!

Letzter Auftritt.

Vorige. Gertrude.

Gertrude. Was sehen meine Augen?! Wilhelm, was soll das heißen?
Wilhelm. O weh, die Tante!
Gertrude (zu Jacob). Und Du stehst so ruhig da und siehst zu?
Jacob. Wilhelm zeigt mir nur, wie ich es machen muß.
Gertrude. So? Warum thust Du das nicht selbst? Warum hast Du noch nicht mit ihr gesprochen?
Jacob. Gleich, gleich! Wilhelm ist daran Schuld; er ist noch nicht fertig.
Wilhelm. Doch, Bruder, jetzt bin ich vollständig fertig. Beste Tante, lieber Bruder, ich stelle Euch hier unser liebes Cousinchen als meine Braut vor.
Gertrude. Was ist das?
Jacob. Deine Braut?
Wilhelm. Ja, meine liebe, herzige Braut, die

mich eben durch ihre Einwilligung zum glücklichsten Menschen machte.

Gertrude. Nun, das sind mir schöne Geschichten! Du willst heiraten? Ich dachte doch, daß Jacob —

Jacob. Ja, freilich, ich wollte auch, es gefiel mir schon ganz gut.

Wilhelm. Mir hat es aber noch besser gefallen.

Jacob. Das Los hat ja aber mich getroffen!

Wilhelm. Ja, auf dem Papiere. Ich habe aber hier in Wirklichkeit und gewiß den größten Treffer gemacht!

Gertrude. Nun, und was sagt Louise?

Wilhelm. O, die ist es zufrieden; nicht wahr, Louischen?

Louise. Wenn meine gute Tante nichts dagegen hat.

Gertrude. Nun, meinetwegen! Mir ist es gleich, welcher von Euch heiratet, wenn nur geheiratet wird.

Jacob. Das ist recht schlecht von Dir, Wilhelm, Du wolltest mir doch nur vorarbeiten! Warum habe ich denn meinen Frack angezogen?

Wilhelm. Ja, in solchen Dingen muß Jeder für sich selbst handeln.

Jacob. Schade! Zum ersten Male in meinem Leben hätte ich Geschmack daran gefunden. Aber so geht es Einem, wenn man sich mit Frauen einläßt!

Wilhelm. Nicht immer; man muß es nur auf die rechte Art anfangen.

Gertrude. Und sich nicht gleich abschrecken lassen. Versuche es nur noch einmal, es wird schon besser gehen.

Jacob. Fällt mir nicht im Traume ein! Einmal und nicht wieder. Es ist so ganz gut. Ich lasse mich nicht mehr verleiten, bleibe ledig und bei meinen Büchern. Der Vater sagte ja auch nur: E i n e r m u ß h e i r a t e n!

Eigensinn.

Personen:

Ausdorf.

Katharina, seine Frau.

Alfred.

Emma, seine Gattin.

Heinrich
Lisbeth } in Alfreds Diensten.

Erster Auftritt.

Heinrich, Lisbeth.

Lisbeth (hinter der Scene). Heinrich, Heinrich, mach auf!
Heinrich. Komm, ich will Dir helfen! (Lisbeth tritt ein; er küßt sie.)
Lisbeth. Aber, Heinrich — wenn das Jemand sieht!
Heinrich. Wer soll es denn sehen?
Lisbeth. Der Herr kann ja jeden Augenblick kommen!
Heinrich. Ach, Lisbeth, so einen Kuß im Vorbeigehen, so auf der Flucht zu erwischen, das schmeckt am Besten.
Lisbeth. Aber wenn der Herr —
Heinrich. Nun, wenn er es auch gesehen hätte, was wäre dabei?
Lisbeth. Ich schämte mich tot.
Heinrich. Warum denn? Er wird seine Frau auch küssen — seit drei Monaten erst verheiratet —
Lisbeth. Ja, seine Frau! Wenn Du mein Mann wärest —

40   Eigensinn.

Heinrich. Wie lange wird denn das noch dauern?
Lisbeth. Wer weiß — —
Heinrich. Jedenfalls länger, als Dir lieb ist—
Lisbeth. Was das für Reden sind! Denk' an das Tischdecken!

Zweiter Auftritt.

Vorige, Alfred (bleibt unbemerkt an der Thür stehen).

Lisbeth. Der Herr Schwiegervater und die Frau Schwiegermutter kommen zum Frühstück.
Heinrich. Und freuen sich, wie glücklich die jungen Eheleute sind! — Hm, einen Schwiegervater kann ich Dir freilich nicht aufweisen —
Lisbeth. Das thut nichts, ich auch nicht!
Heinrich. Ich denke, wir Beide sind uns selbst genug! Gut so, der Tisch ist gedeckt.
Lisbeth. Ja.
Heinrich. Was?
Lisbeth. Nichts — ich sagte: ja.
Heinrich. Das ist nichts, Du mußt das auch sagen.
Lisbeth. Was?
Heinrich. „Gut so, der Tisch ist gedeckt!"
Lisbeth. Warum?

Heinrich. Das schickt sich so.
Lisbeth. Dummes Zeug.
Heinrich. Wenn man Etwas fertig hat, so sagt man: „Gut so" oder „Gott Lob" oder „Gott sei Dank", die Sache ist fertig.
Lisbeth. Narretei!
Heinrich. Das ist keine Narretei, kein dummes Zeug. Als der liebe Gott die Welt geschaffen hatte und sah, daß Alles gut war, sagte er auch: Gott sei Dank, die Welt ist fertig. Und darum ist es ein frommer Brauch, daß man das immer sagt, wenn man —
Lisbeth. Ach, geh' mit Deinen Albernheiten!
Heinrich. Lisbeth, es sind keine Albernheiten, Du mußt nicht so freigeisterisch thun! Komm her und sage wie ich: Gott sei Dank, der Tisch ist gedeckt!
Lisbeth. Nein!
Heinrich. Mir zu Liebe.
Lisbeth. Ich will nicht!
Heinrich. Du willst nicht?
Lisbeth. Nein!
Heinrich. Wenn ich Dich um etwas bitte, so sagst Du: ich will nicht?!
Lisbeth. Ja, ja, ja! Wenn ich nicht will, dann will ich nicht, und wenn Du mich zehn Mal bittest!
Heinrich. Wie wäre mir das? Ich könnte zehn Mal bitten, und Du sagtest immer nein!?
Lisbeth. Ja, wenn Du solch' dummes Zeug vorbringst —

Heinrich. Es ist kein dummes Zeug; aber davon ist gar nicht die Rede, Du sollst es blos sagen, weil ich es wünsche!
Lisbeth. Ich thue es nicht.
Heinrich. Lisbeth!
Lisbeth. Heinrich!
Heinrich. Jetzt mußt Du es sagen!
Lisbeth. Ich muß?
Heinrich. Ja, ich verlange es!
Lisbeth. Du träumst wohl? Oder bist Du heute Morgen mit dem linken Fuße zuerst aus dem Bette gestiegen?
Heinrich. Mach' keine Possen! Es ist mein Ernst! Du sollst sagen: Gott sei Dank, der Tisch ist gedeckt!
Lisbeth. Das soll ich sagen?
Heinrich. Ja!
Lisbeth. Ich soll? Ich muß?
Heinrich. Du sollst und mußt.
Lisbeth. Nun thue ich es garnicht!
Heinrich. Lisbeth, ich bitte Dich!
Lisbeth. Ich thu's nicht.
Heinrich. Zum letzten Mal bitte ich Dich!
Lisbeth. Ich thu's nicht, ich thu's nicht, und wenn Du Dich auf den Kopf stellst!
Heinrich. Das wollen wir doch sehen!
Lisbeth. Das wollen wir sehen!
Heinrich. Also Du giebst meinen Bitten nicht nach, Du weigerst Dich hartnäckig?
Lisbeth. Ja!

Heinrich. Du willſt Deinen Eigenſinn nicht brechen?
Lisbeth. Nein!
Heinrich. So ſollſt Du — (packt ſie am Arm.)
Lisbeth. Au!
Heinrich. Sag' es!
Lisbeth. Nein, au, au!
Heinrich. Gott ſei Dank, der Tiſch iſt gedeckt!
Lisbeth. Nein, nein! Du häßlicher Menſch, mich ſo zu drücken — und ich ſage es doch nicht!
Heinrich. Gut, mit uns iſt es aus! (läßt ſie los.)
Lisbeth. So geh'!
Heinrich. So leicht giebſt Du mich auf?
Lisbeth. Wenn Du ein Narr ſein willſt!
Heinrich. Aber Du kannſt doch die paar Worte ſagen?
Lisbeth. Aber ich will nicht, ich will nicht, ich will nicht!
Heinrich. Nun, ſo geh' zum —
Lisbeth. Wir ſprechen uns weiter!
Heinrich. Lisbeth: Gott ſei Dank, der Tiſch iſt gedeckt!
Lisbeth. Nein!
Heinrich. Eigenſinn, Dein Name iſt Weib. Bitten, Drohungen, Gewalt, Alles vergebens! Ich glaube, ich könnte ſie tot ſchlagen, ſie ſagte es doch nicht!
Alfred. Laß ſie vor der Hand noch leben, Heinrich, ſie mag es ſagen oder nicht!
Heinrich. Ach, Herr, Sie haben gehört ——?

Alfred. Einen Teil Eures Dankes' — ja, ja. Das Mädchen ist starrköpfig.

Heinrich. Ach, sie ist sonst gut — ich weiß nicht, was ihr heute im Kopfe steckt!

Alfred. Ja, ja, wer kann immer wissen, was den Weibern im Kopfe steckt. Doch geh' jetzt, besorge noch eine Flasche Madeira, mein Schwiegervater trinkt gern ein Gläschen zum Frühstück!

Heinrich. Sie muß es doch noch sagen! (Heinrich und Lisbeth gehen ab).

Alfred. Ob sie mit ihrem Anzuge noch nicht fertig ist? Sie hat doch schon geklingelt! Ah, da ist sie.

Dritter Auftritt.

Alfred, Emma.

Emma. Guten Morgen, Männchen!

Alfred. Meine gute Emma!

Emma. Wie ha.. Du geschlafen?

Alfred. Herrlich, die Glücklichen schlafen immer gut!

Emma. Und bist Du glücklich?

Alfred. Du kannst noch fragen? Bist Du nicht mein Weib?

Emma. Schmeichler! Das muß nun aufhören!

Wir sind jetzt schon drei Monate verheiratet, Du mußt anfangen, ein Ehemann zu werden, mußt aufhören, den Liebhaber zu spielen!

Alfred. Und wäre Dir denn das lieb?

Emma. Je nun, alle Welt sagt mir, daß die Männer in der Ehe sich ändern, ich muß mich auch darauf gefaßt machen. Je länger Du aber mit dieser Aenderung zögerst, desto mehr verwöhnst Du mich, desto schwerer werde ich mich nachher hineinfinden.

Alfred. Nie werde ich mich ändern, liebes Weib, nie sollst Du einen Unterschied finden zwischen dem, wie es ist und wie es war.

Emma. Und ich werde Dir auch niemals Gelegenheit geben!

Alfred. Ich weiß, Du bist das beste Weib auf Erden, Du erfüllst meine Wünsche, noch ehe ich sie ausgesprochen.

Emma. Und thust Du nicht dasselbe?

Alfred. Wie könnte ich auch Deinem Auge widerstehen, wenn es so freundlich auf mich gerichtet ist und — einen Kuß begehrt?

Emma. Sachte, mein Herr, meine Augen begehren niemals Küsse, sie gewähren höchstens!

Alfred. Nun, so gewähre!

Emma. Lieber Alfred!

Alfred. Mein süßes Weibchen!

Emma. Meine Eltern bleiben lange, ich dachte, sie würden früher kommen.

Alfred. Vermissest Du sie?

Emma. Die Frage war von Dir nicht bedacht!—

Alfred. Nein, nein, sie fuhr mir so heraus —. Da habe ich soeben —

Emma. Was hast Du soeben? — Es muß sehr lustig sein. —

Alfred. Einen höchst komischen Auftritt belauscht!

Emma. Belauscht? Ei, ei, Herr Gemahl!

Alfred. Ganz zufällig. Wie ich aus meinem Zimmer trete, vernehme ich ein lebhaftes Gespräch; ich bleibe stehen: Heinrich und Lisbeth haben soeben den Tisch geordnet, Heinrich sagt darauf ganz selbstzufrieden: Gott sei Dank, der Tisch ist gedeckt, und verlangt von Lisbeth, sie solle das auch sagen; denn das müsse man nach vollendeter Arbeit thun.

Emma. Wie einfältig!

Alfred. Lisbeth weigerte sich, Heinrich bestand darauf, sie geriethen in einen förmlichen Streit, er wollte sie zwingen, aber sie blieb eigensinnig und sagte es nicht.

Emma. Je nun, man könnte immer noch fragen, wer hier am eigensinnigsten war, Heinrich oder Lisbeth!

Alfred. Allein er bat sie darum!

Emma. Es war ein albernes Verlangen.

Alfred. Aber so unbedeutend, daß sich die hartnäckige Weigerung gar nicht rechtfertigen läßt.

Emma. Eben so wenig das hartnäckige Verlangen! Ich finde nicht, daß Lisbeth Unrecht hat.

Alfred. Streiten wir nicht darüber. Bei uns könnte das freilich nicht vorkommen!

Emma (sieht ihn zweifelhaft an).
Alfred. Wenn ich Dich so um Etwas bäte. Du würdest es thun.
Emma. Hm, hm!
Alfred. Ich bin überzeugt, Du würdest es thun.
Emma. Und wenn ich es nicht thäte?
Alfred. Wenn Du es nicht thätest? Der Fall ist nicht denkbar, darauf wollte ich wetten!
Emma. Wette nicht!
Alfred. Versuchen wir es gleich.
Emma. Nein, versuchen wir es nicht!
Alfred. Ich bitte Dich, liebe Emma, sage ein Mal: Gott sei Dank, der Tisch ist gedeckt.
Emma. Geh', Du bist kindisch!
Alfred. Bitte, bitte sage es!
Emma. Was das für ein Verlangen ist!
Alfred. Bitte, süßes Weibchen, sage ein Mal: Gott sei Dank, der Tisch ist gedeckt.
Emma. Nein, das sage ich nicht!
Alfred. Bitte, bitte!
Emma. Nein, nein!
Alfred. Du sagst es nicht?
Emma. Nein!
Alfred. Du könntest mir eine Bitte verweigern?
Emma. Aber es wäre ja kindisch, das zu sagen!
Alfred. Kindisch oder nicht, darauf kommt es nicht an! Es handelt sich nur darum, daß Du meine Bitte erfüllst.
Emma. Du thust Unrecht mit einer solchen Bitte!

Alfred. Das mag sein, allein Du thust Unrecht, sie mir abzuschlagen.

Emma. Ich thue Unrecht? Das ist das erste Mal, daß Du mir so Etwas sagst!

Alfred. Es ist auch das erste Mal, daß Du mir eine Bitte verweigerst!

Emma. Und das erste Mal, daß Du so kindisch, so unüberlegt bittest!

Alfred. Kindisch? Unüberlegt? Welche Worte muß ich von Dir hören? Ist das die Sprache der Liebe?

Emma. Kann die Liebe von der Geliebten eine Thorheit verlangen?

Alfred. O, ich habe noch nicht verlangt, ich habe nur gebeten!

Emma. So — und wenn Du verlangen würdest?

Alfred. Dann —

Emma. Und wenn Du verlangen würdest?

Alfred. Dann würdest Du Dich bestimmt nicht weigern!

Emma. Just dann würde ich mich weigern!

Alfred. Wie?

Emma. So Etwas willst Du von mir verlangen? So willst Du mich erniedrigen? Der Bitte hätte ich vielleicht nachgegeben, dem Verlangen weiche ich nicht.

Alfred. Mein Gott, wie heftig, wie entschieden trittst Du gegen mich auf! Ist das der Ton, in dem eine Gattin mit ihrem Manne spricht?

Emma. Sind solche Thorheiten Verlangen, die ein Mann an seine Gattin stellt?

Vierter Auftritt.

Vorige, Lisbeth, Heinrich.

Emma. Ich habe mein Taschentuch liegen lassen! (Lisbeth und Heinrich gehen ab.)
Alfred. Emma, treibe eine Sache, die anfangs Scherz war, nicht bis auf die Spitze.
Emma. Thue ich denn das? Du bist es, der einen Scherz in Ernst verwandelt.
Alfred. Hast Du Dir überlegt? Willst Du Deinen Eigensinn aufgeben?
Emma. Wie? Eigensinn? Du weißt, ich kann das Wort nicht leiden, ich bin nicht eigensinnig, in diesem Falle bin ich es gar nicht, sondern Du bist es, indem Du so hartnäckig auf einer Thorheit bestehst!
Alfred. Aber, Emma, begreife doch, um diese Thorheit ist es mir ja gar nicht zu thun, ich will blos, daß Du mir keine Bitte abschlägst!
Emma. Und ich bitte Dich, von der Sache aufzuhören!
Alfred. Aber ich habe Dich zuerst gebeten, meine Bitte geht vor. Ich hätte es nicht für möglich gehalten, daß Du jemals Nein sagen könntest! Ich kann den Gedanken nicht ertragen!

Emma. So? Ich soll niemals Nein sagen? Immer nur: Ja, ja, ja! Sieh, Du bist wie die Männer alle. Ihr wollt keine liebende Gattin, keine gleichberechtigte Freundin haben; ihr verlangt, daß eine Frau eure Sklavin sei.

Alfred. Welche Uebertreibung!

Emma. Nein, nein, so fängt die Unterjochung an, mit der Forderung des blinden Gehorsams. Aber ich lasse mich nicht zur Sklavin machen, nie, niemals. Ich werde meine Rechte vertheidigen bis auf den letzten Atemzug, nie werde ich mich Drohungen, nie roher Gewalt unterwerfen.

Alfred. „Und er soll dein Herr sein", sagt die Schrift.

Emma. Siehst Du, daß ich Recht hatte? Du willst der Herr, ich soll die Sklavin sein, Du willst befehlen, ich soll gehorchen. O, ich erkenne Deine Herrschaft an, wie es sich ziemt, ich werde Dir gehorchen in allen vernünftigen Dingen, nie aber, wenn Deine Befehle unvernünftig sind!

Alfred. Das sind keine Ausdrücke, die man gegen Jemand braucht, den man achtet!

Emma. Solche Dinge muthet man auch einer Frau nicht zu, die man achtet.

Alfred. Aber ein Scherz —

Emma. O, Du hast bittern Ernst daraus gemacht. Noch vor einer Viertelstunde sagtest Du mir: nie werde ich mich ändern, und schon jetzt stehst Du mir als der kalte, gefühllose Ehemann gegenüber, der in seiner Frau nur seine Untergebene sieht!

Alfred. Weine nicht, Du weißt, daß Thränen mich reizen!

Emma. Ich kann nicht dafür, wenn Du sie mir gewaltsam auspressest!

Alfred. Meine Güte, welch ein Ungeheuer bin ich schon geworden! Ich presse Dir Thränen aus! Armes, bedauernswerthes Weib, das ihr Unglück an solch einen Menschen kettete!

Emma. So recht, füge noch Spott zu Deiner Grausamkeit. Wer mir das vor einer Stunde gesagt hätte! Ich stand so fröhlich auf, ich fühlte mich so glücklich, und jetzt ——

Alfred. Giebt es kein unglücklicheres Weib, als Du bist, sprich es nur aus.

Emma (weint und antwortet nicht).

Alfred. Jetzt weint sie gar! Wenn jetzt die Eltern kommen, was sollen sie denken! Emma, —— Emma — Frau — liebes Kind — komm, laß uns Frieden machen.

Emma. Frieden?

Alfred. Es ist thöricht, daß wir uns den schönen Morgen selbst verbittern.

Emma. Siehst Du das ein?

Alfred. Niemand hat wohl weniger Grund, sich zu verunreinigen, als wir!

Emma. Und doch warst Du so hart gegen mich!

Alfred. Nun sieh, ich komme Dir entgegen, ich biete Dir die Hand, machen wir Frieden.

Emma. Du Unart, mich so zu quälen.

Alfred. Und nun sagst Du mir zu Liebe die paar Worte?

Emma. Wie? Immer noch?

Alfred. Du willst nicht?

Emma. Aber, Alfred ——

Alfred. Ich bin Dir entgegengekommen, habe Dir die Hand gereicht, jetzt ist es an Dir, auch Deinerseits nachzugeben.

Emma. Also Du bestehst darauf? Du willst den Streit von vorn anfangen?

Alfred. Ende den Streit — sage die paar Worte, und ich bin befriedigt.

Emma. Nein! und abermals nein!

Alfred. Nein?

Emma. Nein!

Alfred. Gut, schön, sehr schön. Du siehst, daß mir ein Gefallen mit dieser Kleinigkeit geschieht, allein Du thust es nicht. Mein Wunsch mag eine Thorheit sein, aber es ist doch mein Wunsch — Du erfüllst ihn nicht. Es mag Eigensinn von mir sein, das von Dir zu verlangen, allein die Liebe sollte sich dem Eigensinne fügen, sollte nachgeben, — Du thust es nicht. An den dummen Worten kann mir nichts liegen, aber es wäre mir ein Beweis Deiner Liebe, daß Du sie sagst, und an diesem Beweise liegt mir Viel, — allein Du giebst mir diesen Beweis nicht. Ich habe Dich gebeten, ich habe verlangt, ich habe Vernunftgründe aller Art erschöpft — allein Du bleibst hartnäckig! Und Du willst mich lieben? Du, die nicht einmal ihren Eigensinn bekämpfen kann, um ihrem Mann eine Gefälligkeit zu erweisen? Geh', geh', sage mir nie wieder, daß Du mich liebst.

Emma. Du wirfst mir Eigensinn vor? Und mit welchem Rechte? Du giebst selbst zu, daß es eine Thorheit ist, von mir jene einfältigen Worte zu verlangen, und doch bestehst Du auf dieser Thorheit? Es würde mich entwürdigen, wollte ich wissentlich eine Thorheit begehen, und doch verlangst Du entschieden diese Entwürdigung? Ist das Liebe? Du siehst, daß mich Dein Verlangen schmerzt, daß mir Deine Zumuthungen wehthun — aber das rührt Dich nicht, Du bestehst auf Deinem Kopfe. Deine Härte preßt mir Thränen aus, — — sie lassen Dich kalt — mein ganzes Wesen sträubt sich gegen Dein Verlangen, aber hartnäckig bestehst Du auf Deinem Willen. Wo, auf welcher Seite ist nun der Eigensinn? Wo ist der Mangel an Liebe?

Fünfter Auftritt.

Vorige, Heinrich.

Heinrich. Die Herrschaften kommen!

Alfred. Verbirg Deine Thränen! Was sollen sie von Dir denken?

Emma. Meinetwegen mögen sie wissen, was vorgegangen ist, ich fühle mich unschuldig.

Alfred. Nimm Deine Pflichten als Hausfrau in Acht, man muß seinen Gästen ein freundliches Gesicht zeigen.

Sechster Auftritt.

Vorige, Ausdorf, Katharina, Lisbeth.

Ausdorf. Guten Morgen, Kinder, guten Morgen! He, wie geht's?
Alfred. Seien Sie herzlich willkommen!
Emma. Willkommen, liebe Mutter, bester Vater!
Katharina. Ei, mein Kind, ich habe Dich lange nicht gesehen, Du machst Dich selten.
Emma. Liebe Mutter —
Katharina. Weiß schon, Kind! weiß schon, eine junge Frau hat mehr zu thun, als an ihre Mutter zu denken.
Ausdorf. Das ist der Welt Lauf, Frau, sie muß Vater und Mutter verlassen, wie es in der Schrift steht — aber Emma denkt doch noch zuweilen an uns, nicht so, Kind?
Emma. Immer, Vater, immer!
Alfred. Wollen wir uns nicht setzen? (Heinrich und Lisbeth gehen ab.)
Ausdorf. Ich bin's zufrieden, Herr Sohn; es ist ein weiter Weg zu Euch her, ich bringe müde Beine

Eigensinn. 55

und tüchtige Eßlust mit. Hähä, Frau, Du hast Dich zwischen die jungen Leute gesetzt, das ist ein gescheidter Einfall von Dir; denn wenn die bei einander sitzen, sind sie für ihre Gäste ganz ungenießbar. Na, stoßt an, ihr junges Volk, noch viele Tage wie heute! Was ist das? Ihr stoßt nicht an? He — Herr Sohn, Sie machen ein verlegenes Gesicht und die junge Frau hat eine Thräne im Auge! Hat es einen Ehestandsauftritt gegeben?

Katharina. Wie kannst Du so unzart fragen? Laß das die Kinder selbst ausmachen!

Alfred. Eine Kleinigkeit, ein Scherz — nicht der Rede wert! Meine gute Emma ist etwas zu empfindlich!

Emma. Auch das noch? Auch Empfindlichkeit wird mir noch vorgeworfen!

Alfred. Du solltest wenigstens in Gegenwart unserer Eltern —

Katharina. Beruhige Dich, Emma, so Etwas kommt wohl vor!

Emma. Ich fühle, es ist Unrecht, daß ich mich nicht beherrschen kann, — ich habe es versucht, habe mit mir gekämpft, allein ich bin zu tief gekränkt.

Katharina. Ei, ei, Herr Schwiegersohn —

Ausdorf. Pst, Frau, mische Dich nicht in diese Sache, das geht nur die Kinder an.

Alfred. Nach Emmas Aeußerung scheint es wirklich, als hätte ich ihr eine unerhörte Kränkung zugefügt. Sie mögen selbst entscheiden, ich will Ihnen die Sache mitteilen.

Ausdorf. Lassen Sie das, Herr Sohn, wir mischen uns nicht in Eure ehelichen Streitigkeiten!

Alfred. Nein, nein, gerade Ihnen gegenüber muß ich mich rechtfertigen.

Ausdorf. Ist nicht nötig!

Alfred. Sie könnten glauben —

Ausdorf. Wir glauben Nichts!

Katharina. Laß doch, vielleicht führt das zu einer Verständigung. Reden Sie, Herr Sohn!

Alfred. Ich belauschte heute Morgen unsern Heinrich; der von der Lisbeth verlangte, sie solle sagen: „Gott sei Dank, der Tisch ist gedeckt" und mit ihr in heftigen Streit geriet, als sie das nicht wollte. Lachend erzählte ich das meiner Frau: schmeichelnd sagte ich ihr, sie würde nicht so eigensinnig sein, und bat sie im Scherze, sie möchte jene Worte sprechen. Sie weigerte sich aber mit so entschiedenem Eigensinn, mit so auffallender Hartnäckigkeit, daß wir einen ernstlichen Wortwechsel hatten.

Emma. Da hören Sie es selbst: Hartnäckigkeit, Eigensinn, Empfindlichkeit, Alles wirft er mir vor. Sie können mir bezeugen, daß ich niemals eigensinnig war.

Ausdorf. Na, na, Kind —

Katharina. Nein, Mann, da thust Du Emma Unrecht, sie ist niemals eigensinnig gewesen. Beruhige Dich, Kind, wir wollen uns nicht zwischen Euch drängen, Ihr werdet Euch schon wieder versöhnen.

Emma. Ach, er besteht noch immer darauf, ich soll seine Worte sagen.

Katharina. Wie, Herr Sohn, Sie bestehen noch immer darauf?
Alfred. Bitte, lassen wir die Sache unerörtert!
Ausdorf. Ja, darum bitte ich auch, verderbt mir das Frühstück nicht. Du bist ein Närrchen, Emma, und Sie, Herr Sohn, Sie müssen einer Frau schon etwas Eigenwillen nachsehen, sie wird sich schon gewöhnen, wie meine Alte da. Sehen Sie, die kennt keinen Widerspruch, sie erfüllt alle meine Wünsche, und wenn ich von ihr verlangte, sie solle sagen: „Gott sei Dank, der Tisch ist gedeckt", sie würde es gleich thun!
Katharina. Das würde sie aber nicht thun!
Ausdorf. Wie?
Katharina. Du würdest es nicht begehren.
Ausdorf. Wenn ich es aber begehrte?
Katharina. So würde ich es nicht thun!
Ausdorf. Ah, Frau, Du sprichst nicht im Ernste!
Katharina. Im vollen Ernste!
Ausdorf. Du würdest Dich weigern, mein Verlangen zu erfüllen?
Katharina. Ja!
Alfred. Bitte, sprechen wir von etwas Anderem.
Ausdorf. Nein, das ist mir noch nicht vorgekommen, das muß in's Klare gebracht werden. Liebe Katharina, sage einmal: „Gott sei Dank, der Tisch ist gedeckt."
Katharina. Laß mich zufrieden!
Ausdorf. Bitte, sage es!
Katharina. Nein!

Ausdorf. Ich sage es täglich laut und leise für mich aus vollem Herzen, wenn ich den Tisch fertig sehe: „Gott sei Dank, der Tisch ist gedeckt," sage Du es auch einmal!
Katharina. Nein!
Emma. Liebe Mutter!
Ausdorf. Katharina!
Katharina. Nein!
Ausdorf. Käthchen!
Katharina. Nein, nein!
Ausdorf. Ketty?
Katharina. Ich thue es nicht!
Ausdorf. Nein, das ist mir außer dem Spaße! Willst Du Deiner Tochter ein schlechtes Beispiel durch Deinen Eigensinn geben?
Alfred. Aber ich bitte —
Katharina. Da haben wir die alte Erfahrung: die Männer halten zusammen, wenn es die Unterdrückung der Frauen gilt. Der Vater nimmt Partei gegen seine eigene Tochter!
Ausdorf. Ich nehme gar keine Partei als meine eigene. Was meine Tochter mit ihrem Manne vorhat, geht mich nichts an. Mit Dir habe ich es zu thun, von Dir verlange ich, Du sollst jene Worte sprechen!
Katharina. Wie kannst Du von Deiner Frau eine Thorheit verlangen?
Ausdorf. Thorheit oder nicht, davon ist keine Rede. Dies Verlangen ist der Prüfstein des Gehorsams, sonst nichts. Ebenso hing Geßler den berühm-

Eigensinn.

ten Hut auf, den die Schweizer grüßen sollten, blos zum Prüfstein des Gehorsams.

Katharina. Richtig, und weil das mit dem Hute ebenfalls eine lächerliche, thörichte, entwürdigende Forderung war, so empörten sich die Schweizer gegen ihre Zwingherrn.

Emma. Und wir fügen uns ebensowenig, wie die Schweizer sich fügten.

Katharina. Wir können uns auch in Aufstand gegen unsere Männer setzen.

Emma. Wir sind Frauen, aber keine Untergebenen.

Katharina. Bei den Türken mag die Frau eine Untergebene sein, allein wir leben in einem christlichen Staate!

Emma. Die Herren scheinen die türkischen Sitten hier einführen zu wollen; denn ihr Verfahren ist ganz türkisch.

Katharina. Aber Gott sei Dank, wir sind keine Sklavinnen und werden unsere Rechte zu wahren wissen.

Emma. Blinder Gehorsam ist eine Sklaventugend.

Katharina. Wir untersuchen erst, ob die Befehle gut sind, ehe wir gehorchen.

Emma. Und solche thörichte Forderungen erfüllen wir nie, nie, nie!

Katharina. Nie, nie, nie!

Ausdorf. Da haben wir die Bescherung, das ganze weibliche Geschlecht haben wir uns auf den Hals gehetzt.

Alfred. Was sollen wir thun?

Ausdorf. Thun Sie, was Sie wollen; mir verbirbt die Geschichte das Frühstück, und wenn ich nicht mit gehöriger Seelenruhe gefrühstückt habe, schmeckt mir das Mittagessen nicht.

Alfred. Allein wir können doch nicht nachgeben?

Ausdorf. Schatz, das ist ein Streit, bei dem kein Mensch etwas gewinnt; ich habe mich hinreißen lassen, bin etwas ärgerlich geworden, aber jetzt kehrt meine Ruhe zurück. Die Weiber haben so Unrecht nicht, am Ende ist es ebenso eigensinnig, etwas hartnäckig zu verlangen, als es hartnäckig zu verweigern.

Emma. Hätte ich geahnt, daß die Sache so weit führen würde, ich hätte es gleich anfangs als Scherz genommen und seinen Willen gethan,— jetzt kann ich es nicht mehr.

Katharina. Auf keinen Fall, Du wärst für ewige Zeiten seiner Zwingherrschaft verfallen.

Emma. Er soll sehen, daß ich einen festen Willen habe!

Katharina. Recht so, keinen Schritt weichen wir! Mein Alter soll sich wundern: er kann lange bitten, ehe ich wieder gut werde!

Emma. Sie stehen mir bei, beste Mutter?

Katharina. Verlaß Dich darauf.

Ausdorf. Der Klügste giebt nach —

Alfred. Ich wollte gern, aber die Ehre —

Ausdorf. Bah, das sagt man so. Das Nachgeben thut weh, und das nennt man gern Ehrgefühl — machen Sie die Sache mit einem Scherze wieder gut!

Alfred. Ja, ein Scherz — ich werde dem Dinge ein Ende machen.

Ausdorf. Hört, Kinder, Ihr seid mir zu mächtig in Eurem Bunde! Ich will mich durch das Frühstück erst stärken zur Fortsetzung des Kampfes. Gott sei Dank, der Tisch ist gedeckt, man darf nur zugreifen.

Emma. Liebe Mutter, wollen wir nicht auch —?

Katharina. Ja, ja, lassen wir uns durch die Thorheiten nicht um unser Frühstück bringen!

Alfred. Liebes Weibchen, wir wollen dem Kriege ein Ende machen, ich biete Dir die Hand zum Frieden. Ich bekenne, daß ich die Hauptveranlassung zu unserem Streite war. Zur Sühne meiner Schuld schenke ich Dir einen dieser beiden Shawls.

Emma. Alfred, ich weiß nicht —

Alfred. Wähle!

Emma. In diesem Augenblicke —

Alfred. Wähle, wähle, Kind! Der rechts? So, er kleidet Dich gut. Ich bin Dir nun drei Viertel des Weges entgegengekommen — —?

Emma. Gott sei Dank, der Tisch ist gedeckt!

Ausdorf. Brav, Kinder, das habt Ihr gut gemacht!

Alfred. Der Friede ist geschlossen!

Emma. Auf immer!

Alfred. Nie kommt so etwas wieder vor!

Emma. Niemals!

Ausdorf. Recht so, stoßt an darauf!

Katharina. Alter!

Ausdorf. Hm?

Katharina. Sieh einmal.
Ausdorf. Was?
Katharina. Da ist noch ein Shawl.
Ausdorf. So?
Katharina. Willst Du mich nicht auch versöhnen?
Ausdorf. Mit dem Shawl? Das ist mir zu teuer!
Katharina. Aber bedenke —
Ausdorf. Ich hoffe, Du thust es billiger, Alte. So ein junger Ehemann kann die Unzufriedenheit seiner Frau nicht ertragen und bringt ein Opfer, um sie zu versöhnen — ist er erst so alt wie ich, thut er es auch nicht mehr.
Katharina. Pfui, wie abscheulich!
Emma. Alfred, ich will nicht hoffen — (Heinrich und Lisbeth treten ein).
Alfred. Nun, Heinrich, bist Du mit Lisbeth in Ordnung?
Heinrich. Ach, sie will immer noch nicht.
Alfred. Ei, Lisbeth, wie eigensinnig!
Lisbeth. Aber, Herr —
Emma. Du mußt nachgeben, Lisbeth, Du mußt die Worte sagen.
Lisbeth. Sie wissen —
Emma. Wir wissen Alles.
Ausdorf. Ja, Lisbeth, Du hast die ganze Verwirrung angefangen.
Katharina. Ja, ja, Du hast uns dadurch den ganzen Morgen gestört. Zur Strafe muß sie es jetzt

öffentlich sagen. Also heraus damit. Gott sei Dank,
der Tisch ist gedeckt!
 Alle (lachen).
 Katharina. Nun?
 Ansdorf. Jetzt hast Du es doch gesagt, Alte!
 Katharina. So ist es am Ende.
 Alfred. Nun, Lisbeth, bist Du allein noch übrig.
 Lisbeth. Ich kann nicht.
 Emma. Ich sorge dafür, daß in drei Wochen
Eure Hochzeit ist.
 Lisbeth. Hochzeit? Ach, Gott sei Dank!
 Alle (lachen). Nun?
 Lisbeth. Nun?
 Alle. Weiter, weiter!
 Lisbeth. Wie?
 Heinrich. Sage den Rest noch!
 Lisbeth. Ach so!
 Alle. Vorwärts, vorwärts!
 Lisbeth. Der Tisch ist gedeckt.
 Alle. Bravo, bravo!

NOTES TO
Einer muß heiraten!
Wilhelmi.

Page 5. l. 1. **Richtig,** "to be sure," "just as I thought."—**wie die Oelgötzen,** "like stupid blockheads." The word **Oelgötze** is of uncertain origin, and is used by early Protestants to indicate both the wooden images of the saints and the *anointed* priests of the Romish church.—l. 2. **Kalbfell,** "calf-skin," *i.e.*, calf-bound books.—l. 3. **merkten,** "would take no notice of it," subj. condit.—l. 9. **ja,** "you know."—l. 11. **das – Eile,** "there's no hurry about that, you know."—l. 13. **So?** "Oh! indeed!" "you don't say so!" ironical.—**man,** "a person."—l. 17. **sagte** = gesagt habe, impf. for perf.—**wäre es Zeit,** "it ought to be time," "it is high time;" observe the force of the condit.—l. 18. **Es – Zweifel,** "there can be no doubt about it," lit., "it is not subject to any doubt."—l. 19. **Finnen,** the Finns, inhabitants of the now Russian province of Finland, on the east coast of the Gulf of Bothnia.—**Letten,** Letts, a branch of the Lithuanians, inhabitants of the Baltic provinces of Russia.—**hindostanischen Ursprungs,** gen. of manner, etc. Wilhelm is an ethnologist, and interested in the origin of the various human races.—l. 20. Sprachverwandtschaft, "linguistic relationship.—l. 21. Petschenegen, Patchinaks, a people who in the 10th and 11th centuries occupied the south coast of Russia, between the Rivers Don and Danube, and caused a good deal of trouble. They were eventually merged in the Magyars or Hungarians.—geht... hervor, it follows.

Page 6. l. 2. Unſereins, "the likes of me," *i.e.*, "I."—l. 11. Tintenfiſche, "cuttle-fishes;" the cuttle-fish emits an inky fluid when in danger; lit., "ink-fishes," in allusion to the literary labours of the brothers.—l. 12. Sagt mir einmal, "just tell me."—l. 13. Krimskrams, "stuff and nonsense;" comp. Germ. Miſchmaſch, Wirrwarr, Singſang, etc,. and Eng. *zig-zag, knick-knacks, wishy-washy, shilly-shally,* etc.- l. 16. Sollte, supply das; "I should just want that, to etc.;" transl., "indeed, I have something better to do, than pottering with such stuff."—l. 21. Ja doch! "yes, to be sure;" the words are meant to soothe the old lady.—l. 23. ſo viel Aufhebens, "such a fuss;" obs. the gen. after the quant. word viel.—l. 24. Na aber! "Tut! tut!" exclamation of impatience.—l. 27. etwas Rechtes, "something respectable."

Page 7. l. 1. treffend, "pertinent."—l. 6. Stückwerk—Wiſſen, "human knowledge is piece-work," *i.e.,* imperfect. The allusion is to I. Cor., xiii., 9: "Unſer Wiſſen iſt Stückwerk," Engl. version: "For we know *in part.*"—l. 9. den ganzen lieben Tag, "the livelong day"—was Rechtes, for etwas R., see above.

—l. 11. wie sie...halten...sollen, "how to keep."—l. 22. Sagen—einma'l, "just tell me that."—l. 23. Nun—Einer, "now just look at that."—l. 25. Der zieht nicht, "that won't work," lit., "draw."—l. 26. einen besseren, acc.; supply: nennen Sie uns.—l. 27. Das—vorgekommen, "well, I never heard of such a thing!"

Page 8. l. 7. davon—Rede, "that wasn't what we were talking about at all, you know."—Geschieht—recht, "serves you quite right;" supply es.—Sie bleiben—Stange, "they never stick to the question." Stange, the pole with the regimental flag or colours in battle, comp. Eng., "stick to your colours."—l. 16. noch—zerstören, "destroy even the little bit of liveliness W. has."—l. 19. zu Deinen—lassen, "and have yourself shelved away, among your musty old tomes."—Scharteke, a word of uncertain origin, probably connected with Fr. *charte*, indicating worthless books, etc. Obs. the use of lassen with the inf. act. in a passive sense.—l. 23. heute noch, "this very day."—l. 24. Ich werde—zeigen, "I'll show you quickly enough (schon).—l. 26. Mores, "manners," (Lat.), *i.e.*, how to behave.—l. 29. Um—Welt, "for goodness' sake."—kommen—wieder, "don't bother us again;" uns, ethical dat.

Page 9. l. 6. Ihr—Auswahl, "you will only have to choose."—l. 17. Seht doch einma'l! "now, just look at that."—l. 20. um—vergessen, "to make one forget it."

Page 10. l. 10. wo denken Sie hin? "what are

you thinking of?"—l. 13. **dieses Treiben,** "this way of doing things."—**mit ansehen,** "to witness."—l. 15. **geschlagene Leute,** "ruined men."—l. 22. **mir—thun,** "not to do even the least little thing to oblige an old woman like me."—l. 23. **Wenn—gelte,** "even if you don't attach any importance to me."

Page 11. l. 6. **Ach was,** "O nonsense."—l. 8. **kommt—nach,** "the other will follow suit as a matter of course."—l. 9. **aber—d'ran,** "but one of you will have to go to work (at it) at once."—l. 11. **Es wird—gehen,** "I suppose there is no help for it."—l. 13. **eher,** "sooner," that is, more easily (than I can).—l. 14. **Was—einfällt,** "a very fine idea of yours."—l. 19. **gesetzt,** "set in your ways," "staid," "sober."—l. 23. **gilt,** "holds good."—l. 25. **Ich—Stande,** "I can't do it," lit., "am not in a condition to do it." The (e)s is the old gen. form of the neut. pron., as in: ich bin es zufrieden.—l. 27. **Wankelmut—Ende,** "Out upon your endless shilly-shallying." Comp. Eng. "no *end* of a joke."—l. 28. **auf—Flecke,** "on the old spot," *i.e.,* where we started from.

Page 12. l. 1. **fasst—Herz,** "come, *do* take heart." Obs. the encouraging force of **doch** with the imper.—**an Kopf—nicht,** "it's not a matter of life and death, you know," lit., "head and neck (Kragen, collar) are not endangered."—l. 11. **Zehn für eine,** ten where others would have only one.—l. 14. **und wenn—fielen,** "even if they were to stumble over it."—l. 23. **hat—sagen,** "doesn't matter at all."—l. 24. **kein Federlesens,** "no

trifling," lit. "feather-picking;" comp. ſo viel Aufhe‐
bens, p. 6, l. 23, and note.—l. 25. raſch, "quick," *not* =
"rush."—l. 26. nicht—währt, "not everything turns
out well, that takes a long time;" in allusion to the
old German proverb: Was lange währt, wird gut.—
fackelt nicht lange, "don't dilly-dally long."—l. 27.
Einer—Pantoffel, "one of you will have to get
married."—unter die Haube, "under the cap," used
of women getting married, the cap or bonnet being the
mark of a matron.—will ſagen, "I mean to say;"
supply daß. The old lady has made a mistake in using
the phrase unter die Haube, which refers to women only,
and corrects herself by saying, unter den Pantoffel,
"under the slipper," *i.e.*, under petticoat government,
the slipper being the strong-minded wife's symbol of
authority and instrument of punishment,—l. 30.
Bräutigam, "engaged to be married," "betrothed."
The German Bräutigam and Braut indicate a betrothed
couple from betrothal to marriage, unlike the corres‐
ponding Eng. terms "bridegroom" and "bride,"
which are bestowed only on the wedding-day.

Page 13. l. 1. Fataler Caſus, "a confounded
business." Caſus is a technical term of logic, appro‐
priate to the pedantic character of the speaker.—l. 3.
Hat—gebracht, "(it) has quite stirred me up;" supply
the subject of the verb.—l. 4. Wie—werden, "how
(much worse) will things begin to be (werden), when
once (erſt), etc." Obs. the force of erſt.—Wie—aus,
"and pray (denn) what does our cousin look like."
Obs. the use of the def. art., with the name of relation-

ship for the poss. pron.—l. 8. Ich—angesehen, "I've not had a look ⸺ ⸺." mir, eth. dat., leave untransl.—l. 9. ... ich nicht, "nor I either."— l. 15. Warum nicht gar! "O, nonsense;" lit. "why not indeed."—l. 19. nur das nicht, "only not that;" das emphatic demonstr. pron.

Page 14. l. 1. Du hast—gemacht, "you have made conquests of ladies before now (schon früher)."— l. 2. Du hast—Routine, "you are more of a man of the world;" Routine = Lebensart, Fr. savoir-faire.— l. 4. ich—wie, "I should cut a figure like, etc."— l. 10. sollen—sein, "are said to be so beautiful, don't you know (doch)." Obs. this use of sollen.—l. 11. ordentlich, "actually," "almost."—l. 18. greife—zu, "just help yourself, do (bo.g)." For the force of doch with imper., comp. note to p. 12, l. 1.—l. 19. Ach— Rede, "O, I'm not the person in question, I tell you (ja)."—l. 28. Nun—Tante, "well, after all (doch), it struck me (as being) so; besides (auch), auntie says so, you know (ja)."—l. 30. Sie muß—geben, "she would certainly make a most lovely little wife;" obs. the force of müssen here.

Page 15. l. 2. Glück zu, "good luck to you;" exclam. phrase.—l. 3. Na!—vergebens, "well, I declare (doch), there's no use talking to that fellow!" lit. "with him all is in vain." Comp. note to p 13, l. 19.— l. 6. warum—heiraten, "what's the real reason you don't marry?" lit. "why will you really, etc."—l. 11. auch nicht, comp. note to p. 13, l. 9.

Page 16. l. 9. wenn es—kann, "if there's no help

for it," lit. "if it cannot be otherwise;" burchaus has emphatic force.—l. 11. Das—geschehen, "that's easy enough," lit. "soon done."—l. 16. Mir fällt—Brust, "a heavy load (stone) is taken from my heart (breast)." —l. 25. geht leer aus, "will get nothing," lit. "comes out empty."—l. 27. da könnte—kommen, "anybody might (come and) wish that," i.e., "that's easy enough to say." Obs. the demonstr. force of da.— l. 30. Urne, "urn," i.e., ballot-box.

Page 17. l. 5. Meinetwegen— ankommen, "O, very well I don't object to that either;" meinetwegen, lit. "for my sake," i.e., as far as I care; indicating assent to a proposition.—l. 6. die Geschichte, "the (whole) business."—l. 9. Das versteht sich, "of course," lit., "that is to be understood;" obs. this use of the impers. refl. verb.—Alles—Gewissen, "all fairly and honestly," lit. "according to justice and conscience."—l. 13. Umstände, "fuss."—l. 14. rasch gezogen, past partic. for imperative; "draw quickly."—l. 16. Malheur, "ill-luck;" pron. as in Fr.—l. 19. Nun—noch, "well (I'll agree to) that too."—l. 25, Bin's—Staude; supply ich, and comp. p. 11, l. 2 and note.

Page 18. l. 4. ich—Todes, "I'm a dead man."— l. 11. hast—Raptus? "are you crazy? Raptus, Lat., ism of frenzy.—Er, "you." A mode of address still sometimes used to inferiors in some parts of Germany; also to express indignation or disapproval as here.—l. 15. Tausendsassa, "rogue," "rascal," playful term.

Page 19. l. 1. er ist—gegangen, "he has just

repented;" in sich gehen, lit., to go in upon one's self, hence to reflect (especially on one's sins and shortcomings), to repent.—l. 2. das—angegriffen, "that's what has upset him so," affected his nerves."—l. 10. Ich—und heiraten, "I marry!" lit. "I and marrying."—l. 21. Fange—an, "don't begin your nonsense over again," "don't begin making new trouble." Geschichten machen, "to make a fuss," "make trouble."—l. 30. Freilich—Zeiten, "to be sure, you would be disgraced for ever."

Page 20. l. 3. Na—ab? "Well, what plot are you concocting there again?" abfarten is used of stacking the cards for the purpose of cheating.—l. 10. arrangieren, Fr., *arranger;* pron. g soft, as in Fr.—l. 11. aus dem F., "thoroughly," "from the foundation."—l. 13. Nur—eilig, "Pray, don't be in such a hurry.—l. 14. Jawohl, eilig, "Hurry? Of course!"—Da giebt's—schaffen, "there will be plenty of work to be done." Thun und schaffen, this use of two synonymous words to express one idea is very common in German; frequently with alliteration, as: thun und treiben, or rhyme, as: Lug und Trug, auf Schritt und Tritt. Obs. the use of the act. inf. with pass. sense after es giebt; schaffen in the sense of working is weak.—l. 18. schaffen, "to be got" (=verschaffen) weak; here also the inf. with pass. sense after the verb sein; comp. above.—mit—hängt, "with everything that belongs it," lit., "hangs around and on it."—l. 24. Auch das noch! "What, that too!" Is it as bad as that?—l. 26. ordentlich, "actually," "quite."—l. 30. Warm—mir, "I feel hot enough," *i.e.*, uncomfortable: supply zu mute.

Page 21. l. 3. **Charmant,** pron. ch as in Fr.—l. 4. **Also—vor,** "So get to work at once (frisch), James! Make your proposal;" lit. "bring your business before (the lady in question)."—l. 6. **Das versteht sich;** see note to p. 17, l. 9.—l. 7. **Korb,** "refusal" (to an offer of marriage); comp. Eng. "to get the mitten;" of uncertain origin.—l. 9. **Aber—aus,** "But what a figure you are!" aussehen of personal appearance.— l. 12. **Frack,** "dress-coat," the wearing of which is obligatory in Germany on great occasions, such as a formal visit to a superior, an examination (see below), or a proposal of marriage.—**angezogen,** past part. for imperative; see note to p. 17, l. 14, above.—l. 15. **Doch,** "yes, you have;" doch is used for ja, to give an affirmative answer to a negative question or statement.—l. 16. **Rigorosum** (Lat.), the final examination for a doctor's degree at German universities, so called on account of its severity.—l. 18. **herausputzen,** "dress you up."—l. 23. **Das—schöner,** "why, that's out of the question;" lit. "that would be still finer."— 24. **ausstaffiert und geschniegelt,** "dressed out and rigged up;" comp. note to p. 20, l. 15.—l. 26. **zehn...** **Eine,** see note to p. 12, l. 11, and obs. that **Eine** is fem., agreeing with the natural gender (sex) of Mädchen, instead of with its grammat. (neut.) gender.

Page 22. l. 3. **auf den Zahn fühlen,** "to sound;" find out the state of her affections; a metaphor taken from dentistry.—l. 4. **Umstände machte,** "were to give me trouble."—l. 7. **Das—fehlen,** "that's all I need to make my annoyance complete;" that would be the last straw; comp. p. 6, l. 16, and note.—l. 8. **daß—ließe,** "if she were to allow herself to be infected with this bookish nonsense too.--**bie,** demonstr. for pers. pron. —l. 9. **was—heißen,** "what's the meaning of this?"— l. 11. **Ist das,** the order of words is that of an exclamation, the verb being in the first place.

Page 23. l. 18. **Ja, ja doch!** "Well, yes," doubtingly.—l. 23. **doch,** "at least."—l. 25. **Das—Bescherung,** "Here's a pretty how-d'ye-do!" Bescherung, an (unexpected) gift, and particularly a Christmas-box; here, as frequently, of an *unpleasant* surprise.—l. 26. **der,** "the other," "he," *i.e.* William; the demonstr. pron. usually replaces the pers. pron. when emphatic. l. 30. **Aber—machen,** "But she shan't spoil my little game;" lit. "draw a line (or mark) through my account," *i.e.* cancel or annul it.

Page 24. l. 4. **sieh'—an,** "just take a good look at him.—l. 7. **nur immer heran,** "come up to the scratch," "toe the mark."—l. 15. **er wird—werden,** "he'll be sure to (schon) get," etc.—l. 20. **Courage,** pron. as three sylls., but otherwise as in Fr.

Page 25. l. 4. **ein Herz gefaßt,** "take courage;" p. part. for imper.; comp. p. 17, l. 14.—**Sieht—aus,** "is that what a wooer should look like?"—l. 5. **einmal',** "just."—l. 6. **eroberte,** "would make a conquest of," condit. mood.—l. 7. **Da—also,** "so here we are;" obs. this colloquial use of the conditional. —l. 10. **Die haben,** etc., this speech is an "aside."— l. 13. **doch,** "surely."—l. 17. **Das—gleich,** "that's all the same," *i.e.*, it doesn't matter.—l. 19. **Aber—nicht,** "but then I'm not in love, don't you know."

Page 26. l. 1. **anfangen,** "go about it."—l. 8. **Ach**
—**gar,** see note to p. 13, l. 15.—l. 9. **wäreſt,** obs. the
position of the verb, **daß** being omitted.—l. 20. **Du—
Fleck,** "you don't make any progress, either;" comp.
auf bem alten F., p. 11, l. 28.—l. 23. **den Hof machen,**
"go courting."—**Man—anſieht,** "it's enough to take
all the imagination out of a man, to look at you."—l.
28. **ich—vormachen,** "I'll show you how to do it."—
l. 29. **paſſe—auf,** "be sure to pay strict attention;"
ja has emphatic force with the imper.

Page 27. l. 9. **jetzt gilt es,** "now there's no help
for it;" comp. jetzt gilt es zu handeln, "now it is necessary to act."—l. 11. **Was—mag,** "(I wonder) what
ever he wants?"—l. 17. **fange doch an,** "why don't
you begin?"—l. 22. **vertieft,** "absorbed."—l. 23. **wohl,**
"I suppose."

Page 28. l. 4. **machte,** = gemacht hat; impf. for
perf; comp. ſagte, p. 5, l. 17.—l. 11. **alſo,** "then."—
l. 15. **Behüte,** "not all;" *i.e.* "you quite mistake
me;" lit. "(God) forbid."—l. 21. **Das—gut,** "that
looks quite nice."

Page 29. l. 1. **wenn—kommt,** "at most."—l. 3.
wohl, "no doubt."—l. 9. **Dazu,** "to do that."—l. 15.
Wo...nur, "wherever."

Page 30. l. 8. **Das—merken,** "I'll make a note of
that."—l. 12. **Wo—hin,** see note to p. 10, l. 10.—l.
15. **recht oft,** "as often as possible."—l. 20. **überhaupt,** "at all."—l. 30. **Du—gut,** "I say, William,
that'll do!"

Page 31. l. 1. **Verſchwinde—wieder,** "you just vanish again."—l. 7. **mach—fortkommſt,** "make haste and get out."—l. 9. **Na—lange,** "Well, it doesn't matter; but (don't be) too long (about it);" comp. note to p. 17, l. 5.—l. 11. **Das—ſchöner,** "that would be a pretty business.—l. 12.—**ſich—d'rein miſchen,** "interfere."—l. 13. **Ja ſo—ein,** "dear me, now (da) it occurs to me."—l. 14. **Ja —gleich,** " Well, I can't help it now; " lit. "it's all the same to me."—l. 17. **im Zuge,** "in full swing."—l. 26. **aus-gebracht,** "put me out."

Page 32. l. 13. **die letzte Bombe,** "the last shot." —l. 15. **es muß heraus,** "I must speak out."—l. 19. **Sie wollten ?** "do you really mean it?"

Page 33. l. 3. **Sind—gut ?** "Are you really fond of me?"—l. 14. **unter uns geſagt,** "between you and me."—l. 23. **das macht ſich,** see note to p. 28, l. 21.

Page 34. l. 2. **das—Geſchichten,** "here's a pretty state of things;" obs. the sing. n. pron. **das** before the pl. verb.—l. 3. **O weh,** "O dear!"—l. 13. **Doch,** see note to p. 21, l. 15.—l. 15. **Braut,** see note to p. 12, l. 30.

Page 35. l. 12. **Treffer,** "prize (in a lottery);" lit. "hit," successful shot at a target.—l. 15. **es zufr.,** see note to p. 11, l. 25.—**nicht wahr,** "aren't you?" or simply "eh?" used when assent is expected.—l. 19. **meinetwegen,** see note to p. 17, l. 5.—l. 20. **wenn— wird,** "as long as somebody gets married;" obs. the impers. use of the pass. when no particular person is meant.—l. 23. **Du—wollteſt**, etc., "I thought (**doch**) you were just going to prepare the way for me!"—l. 25. **Ja**, "Well."—l. 28. **hätte—gefunden**, "I might have taken pleasure in it;" obs. the force of the condit. mood.—**Aber—einläßt**, "But that is the consequence, when a man meddles with women." **Einer** is used to replace the oblique cases of the indef. pers. pron. **man**, which is indecl.

Page 36. l. 2. **anfangen**, see note to p. 26, l. 1.—l. 4. **es wird—gehen**, "you'll be sure (**schon**) to fare better."—l. 6. **Fällt**, etc., "I wouldn't dream of such a thing;" lit., "(it) does not occur to me (even) in a dream."—l. 7. **so**, "as it is."

NOTES TO

Eigensinn,

Benedix.

Page 39. l. 2. **mach' auf,** "open the door."—l. 7. **Wer—sehen,** "who is likely to see it, anyway (denn)?" —l. 10. **so,** "as it were."—l. 11. **auf der Flucht,** "on the fly."—**erwischen,** "snatch."—l. 15. **was—dabei,** "what (harm) would there be in that?"—l. 16 **Ich —tot,** "I should die of shame," condit. mood; lit. "shame myself to death."—l. 17. **Er wird,** etc., "He is sure to;" obs. the use of the fut. to mark strong probability.—l. 18. **erst,** "only," not more than.

Page 40. l. 5. **Was—sind,** "what stuff you talk!" lit. "what sort of talk that is;" obs. the separation of **was...für.**—l. 11. **aufweisen,** "produce."—l. 12. **ich auch nicht,** see note to p. 13, l. 9.—l. 14. **Gut so,** "well."

Page 41. l. 1. **Das—so,** "that is the proper thing (to do)."—l. 2. **Dummes Zeug,** "stuff and nonsense;" lit. "stupid stuff."—l. 8. **der liebe Gott,** "the good God," or simply "God"; the affectionate and half familiar way in which the Deity is spoken of in German.—l. 13. **Ach, geh',** etc., "O, get away with your silly nonsense."—l. 15. **fo—thun,** "behave so like a freethinker."—l. 19. **Mir zu Liebe,** "to oblige me," as a favour.—l. 27. **Wie—das?** "What do I hear?"—l. 28. **fagteſt,** conditional.

Page 42. l. 11. **mit—Füße,** it was an old superstition, that to get out of bed with the left foot first was an omen of ill-luck for the day.—l. 13. **Mach'—Poſſen,** "come, no nonsense;" **Poſſe,** a farce, hence a (comical) trick.—l. 26. **Das—ſehen,** "well (doch), we'll see about that.—l. 28. **Alſo,** "so."

Page 43. l. 4. **So,** "then."—l. 11. **mit—aus,** "things are at an end between us," we are done with each other.—l. 15. **doch,** "surely."—**paar,** "few," indef. num., with small **p**; when it means a pair, it is spelt with a capital letter.—l. 20. **Wir—weiter,** "we shall have some further conversation," meant as a threat.—l. 28. **vor der Hand,** "for the present."—l. 29. **ſie mag,** etc., "whether she says it or not;" obs. this use of mögen.

Page 44. l. 3. **ſonſt,** "usually."—l. 9. **Sie—ſagen,** "I'll make her say it yet, in spite all (doch)."—l. 11. **Ob—iſt?** "(I wonder) if she hasn't finished dressing yet?" Obs. this elliptical use of ob.—l. 12. **doch,** "I'm sure."—l. 14. **Männchen,** "dear husband," affectionate dimin.—l. 20. **Du—fragen?** "How can you ask such a question?"

Page 45. l. 5. **Je nun,** "well, well."—**alle Welt,** "everybody"; comp. Fr. *tout le monde.*—l. 9. **mich—hineinfinden,** "get used to it."—l. 22. **Sachte,** "gently."—l. 27. **bleiben lange,** "are late in arriving;" supply **aus.**—l. 30. **von—bedacht,** "not well considered on your part."

Page 46. l. 1. **fie—heraus,** "it just escaped me by chance (fo)."—l. 7. **Herr Gemahl,** this formal mode of address is here used playfully; comp. Fr. *monsieur mon mari.*—l. 13. **folle,** l. 14. **müsse,** obs. the use of the subj. in indirect speech, where the opinions or statements of another are quoted as such.—l. 17. **förmlich,** "actual."—l. 20. **man—fragen,** "one might very well ask;" there is still room to question.—l. 21. **am eig.,** the pred. form of the superl.—l. 25. **sich...gar—läßt,** "can't be justified at all;" obs. this refl. use of **lassen.** —l. 30. **freilich,** "of course."

Page 47. l. 14. **Geh',** "get away."—l. 26. **darauf —an,** "that doesn't matter."—l. 28. **Es—darum,** "the only thing in question is."

Page 48. l. 21. **Just—weigern,** "that's exactly when I would refuse."

Page 49. l. 1. **Ich—lassen,** desiring to get rid of the servants' presence, she sends them for her pockethandkerchief.—l. 12. **indem Du...bestehst,** "in insisting."—l. 13. **begreife—thun,** "why can't you see that it is not this foolishness I care about?"—l. 16. **von—aufzuhören,** "to let the matter drop."—l. 19. **geht vor,** "has precedence," comes first.

Page 50. l. 13. **die Schrift,** "the (Holy) Scriptures."—l. 27. **noch vor,** etc., "only a quarter of an hour ago."—l. 30. **Untergebene,** "inferior."

Page 51. l. 3. **Ich—dafür,** "I can't help it."—
l. 10.—**Wer—hätte,** "if any one had," etc.

Page 52. l. 7. **ist—Dir,** "it's your turn".—l. 10.
von vorn, "from the beginning," all over again.—
l. 23. **An—liegen,** "the stupid words can't make
any difference to me."—l. 29. **willst,** "pretend to."—
die—kann, obs. that the verb is here in the 3rd pers.;
the rel. in Germ. is always in the 3rd pers., unless the
pers. pron. of the 1st or 2nd pers. is expressed after
it; as in this case we might have: **die du—kannst.**

Page 53. l. 7. **Wollte,** account for the position of
the verb here.—l. 12. **Du—Kopfe,** "you persist in
your obstinacy."—l. 18. **Die Herrschaften,** "the lady
and gentleman," Emma's parents.—l. 21. **Meinet=
wegen—wissen,** "I don't care if they do know."

Page 54. l. 1. **Nimm...in Acht,** "mind."—l. 9.
Du—selten, "you are a rare visitor."—l. 11. **Weiß
schon,** "(I) know all about it."—l. 16. **doch,** "at least."
—l. 21. **Herr Sohn,** "my dear son (-in-law);" for
Schwiegersohn; comp. note to p. 46, l. 7.

Page 55. l. 4. **ungenießbar,** "useless," because
absorbed in each other; lit. "not fit to eat (or drink)."
—**stößt an,** "touch glasses;" a universal practice in
Germany in drinking to a toast.—l. 8. **Ehestandsauf=
tritt,** "a matrimonial scene.—l. 10. **Wie—fragen?**
"how can you ask such an indelicate question?"—l. 11.
ausmachen, "settle."—l. 12. **nicht—wert,** "not worth
mentioning."—l. 13. **empfindlich,** "touchy."—l. 19.
so—bar, "that sort of thing is sure (wohl) to happen."

Page 56. l. 1. **Laſſen Sie das,** "never mind;" see also l. 8, below.—l. 13. **in—geriet,** "began to quarrel violently."—l. 18. **Hartnäckigkeit,** "stubbornness," lit. "stiff-neckedness."—l. 20. **Sie,** it is unusual nowadays for a daughter to address her parents by the ceremonious pron. **Sie,** but the fashion was different in this respect 40 or 50 years ago.—l. 24. **Na, na,** "come, come;" the old gentleman does not accept his daughter's view of her own character.—l. 28. **ſchon,** "you'll be sure to."

Page 57. l. 3. **laſſen—unerörtert,** "let us stop discussing the matter."—l. 7. **nachſehen,** "pardon."—l. 24. **das iſt,** etc., see note to p. 7, l. 27.—l. 25. **in's Klare gebracht,** "cleared up," "settled."—l. 28. **Laß,** etc., "let me alone."

Page 58. l. 13. **außer,** "beyond."—l. 18. **wenn—gilt,** "when it is a question of oppressing women."—l. 30. **Geßler,** a tyrannical Austrian governor in Switzerland, who adopted this method of testing the obedience of the Swiss. It was William Tell, the hero of Schiller's drama of that name, whose omission to pay homage to this hat, and subsequent imprisonment by Gessler, led to the revolt of the Swiss against Austrian tyranny. The allusion is to Schiller's play.

Page 59. l. 2. **zum,** "as a," **zu** expressing purpose. l. 28. **Beſcherung,** see note to p. 23, l. 18.—**das ganze,** etc., "we have brought the whole of the fair sex down on us."

Page 60. l. 7. **Schatz**, "my dear fellow."—l. 11. **am Ende**, "after all."—l. 14. **ich hätte**, when in the protasis (or condition clause) of a hypothetical period, **wenn** is omitted, the apodosis (or result clause) generally begins with **so**; but if this particle is omitted, the latter clause has the constr. of a princ. sent., as in the present instance.—**gleich anfangs**, "at the very beginning."—l. 18. **Zwingherrschaft**, "tyranny."— l. 22. **Mein—wundern**, "my old man shall have a surprise."—l. 23. **gut**, "pleasant."—l. 26. **Der—nach**, a common Germ. proverb.

Page 61. l. 6. **darf**, etc., "need only help one's self."—l. 7. **wollen**, etc., "won't we (take something) too?"—l. 9. **um—bringen**, "be deprived of our breakfast;" what does *umbringen* mean, when the obj. of *um* is omitted?

Page 62. l. 5. **versöhnen**, "appe-ie."—l. 10. **Du —billiger**, "you will let me off cheaper (than that)." —l. 11. **So—Ehemann**, "a young husband like that." —l. 13. **ist—mehr**, "when once he is as old as I am, he won't do it any more either."—l. 16. **ich—hoffen**, "I hope you won't.—l. 18. **bist Du...in Ordnung**, "have you settled matters?"